日本的地理與社會

豐 田 豐 子

鴻儒堂

はじめに

本書は、日本の大学で勉強したり、研究や仕事などで日本語を使う目的で本格的に日本語を習う人を対象に、日本語の背景としての日本の事情を紹介する日本事情のテキストとして作成したものである。

本書の内容は、日本の地理的な条件から、そこでの産業、人々の生活の様子、日本の社会の現状にわたっていて、概括的に日本社会のアウトラインを紹介している。学習者は本書を学ぶことで日本についての一般的な知識を得ると同時に、そのようなことを述べる語彙が学べるようになっている。

本書は、学習者の日本語学習が初級からはじまって中・上級に進む過程で、副読本として１冊で対応して使えるように、初級から次第に中・上級に程度が上がっていくようになっている。

本書は、日本語初級の段階から学べるようになっているが、特にやさしい言葉は使用せず、新聞などで一般に使う言葉を使っている。それで、一見、難しいように見えるが、前に学習したことを土台にして次の項を展開させ、学習者がそれほど難しいと思わずに勉強していけるような配慮がしてある。

本書には練習帳をつけた。本書のように学習内容が日本語の背景としての基本的な知識が中心である場合、練習帳をやるような方法で文字を通して学ぶ必要もあるし、それが自然だからである。

言語学習の基礎段階では各種の言葉が平均的に豊かになっていくことが望ましい。しかし、語学の初級の教科書では、その性質上、人々が日常接する社会事象を表現する言葉はあまり扱われない。また、取り上げても一部分であって平均的であることは難しい。本書が対象とするような学習者は、学習の目的からもそうした語彙にはやく触れたいと思うようであるし、必要である。そうした意味でも、本書を日本語初級の段階から副教材とし学習することをすすめたい。

本書の資料は主に『日本国勢図会』『日本のすがた』を使った。データが古くなったら、差し替えられるように出典の記号（表・図は「図会」、番号のみのものは「すがた」）をつけておいたので、利用してほしい。

本書は、当初、日本語教育学会発行の「日本の地理」の改訂版として作業を進めていたものなので、作成の過程で日本語教育学会教材委員の方々に様々なご意見を頂いた。ここで改めてお礼を申し上げたい。

練習帳について

○　本書は日本語の背景としての基本的な知識を学ぶ本である。こうした内容を学習する場合は、文字を通して学ぶことも必要で、練習帳は本書の学習方法として意味があるものである。

○　練習帳はテキストを見ながらやることになる。このテキストのような内容を語学教材として学習する場合、こうした言葉になじむには何度も繰り返して接しなければならない。しかし、テキストを見ながらやることで、単調な学習でなくそれができるだろう。

○　本練習帳は、本文の内容理解を助け、語学教材として役立つような配慮がしてあるので、練習帳をやることで、学習がより有意義でおもしろいものになるであろう。例えば、内容理解の面では、本文に出てくる数字がどのような意味があるか気づくような質問をしたり、ある現象がなぜ起こるか、理由に思い至るような設問をしたりしている。また、語学教材としての面では、ひらがなで書く練習から始まって、学習が進むと、様々な設問形式で、内容を難しくし、間違いやすい問題は繰り返し答えさせたりして、進度に応じた変化がつけてある。

○　練習帳には解答がついている。解答にはルビがついていないから、答えられないときはそれを読んでみるのも練習になる。読めない漢字の読み方を本文や練習帳からさがして読んでみることも、このような内容の本では最初のうちの勉強法の一つであろう。

学習者のために

○　この本は、言葉や文型をだんだん多くしてあるので、初めから読んでいく方が勉強しやすいです。また、初めに書いてあることの意味を後で説明することもありますから、初めから読んでいくほうがいいです。

○　この本を勉強するときは、練習帳をやりながら勉強してください。この練習帳は、書いてあることが深く分かるように問題が作ってあります。練習帳をやりながら勉強すると、内容がもっとよく分かるでしょう。

○ 練習帳をやるときは、質問も大きい声で読んで、答えを言ってください。言葉を勉強するときは、先ず言葉を口で言ってみることが大切です。

○ 練習帳は、質問の答え方、数字の読み方、表の読み方などの問題が多いです。このようなものの言い方はやさしいようで、正しく言うことは難しいです。しかし、大切なことですから、声を出して読んだり言ったりして、このようなものの言い方になれて、上手になってください。

○ この本は、日本について基本的なことを広く知ることができる内容です。このような内容を勉強すると、社会や経済についての基礎的な言葉がしぜんに多くなって、社会や経済のことを勉強したり話したりするのに役に立つでしょう。また、日本で起こるいろいろな現象が深く理解できるようになるでしょう。

この本を使っての授業の進め方

○ この本は平仮名、片仮名学習修了程度から使えるように作ってある。

○ この本は、1から30に分かれている。項目によって量に差があるが、だいたい1週間に2時間程度で1項目を学習し、1年間（または1年の3分の2程度）で終了することを目やすに作ってある。（この本の学習者は1年で中・上級まで進むインテンシブコースを想定している。）

○ この本は、学習者が日本についての基礎的な知識を持つような内容になっていて、初級初期の段階から使うようになっている。しかし、ここで扱う内容は、初級初期の段階で習う日常会話で話す内容ではない。それで、教えるとき、先ず導入し、後は練習帳をやりながら授業をしていくことをすすめる。

○ 練習帳は、テキストを見ながらやることになるだろう。そのような方法でも、練習帳をやることで、テキストの言葉を繰り返し見たり口から出したりして、このような言葉になじむようにしたい。

○ 練習帳をやるときは、学習者に質問も声を出して読ませ、そして答えさせるようにするといい。また「……を書きなさい」というような問題も、書いたら、それを口に出して言わせるようにしたほうがいい。内容が知識であっても言葉の学習では、一度は言ってみるほうがいい。

○　質問は同じような形の質問が続くことがよくある。それらは、その段階では少し難しいものや、新しい形のものであるから、2問目は正しく答えられるか確認に使ったり、学習者に程度の差があるときは、1問目をよくできる人に答えさせたりするのもいいだろう。

○　練習帳には解答がついている。解答にはルビがついていないから、答えられないときはそれを読ませるのもいいだろう。読めない漢字の読み方を本文や練習帳からさがして読んでいくことも、このような内容のテキストの最初のうちの勉強法の一つであろう。

○　この本は、はじめのうちは県名や地名、数字などが多く、練習帳もそうしたことの質問が多い。それらの練習は、そこに書いてある漢字、地名の表記などを目にしながら、そこで述べている内容についておおよその知識を持ち、同時に、地名の読み方、数字の言い方、発音、質問に対する答え方などをしっかり身につけることをねらったものである。それらの固有名詞や数字を覚えさせるようなことはしないほうがいい。

○　学習が進むと、練習帳は質問の内容、質ともに次第に上がっている。しかし、この練習帳の問題は語学学習の基礎段階の程度の内容で終わっている。それで、練習帳をする過程で新しい言葉になじみ、その後は、それぞれの学習者にあった方向に質問を展開し、新しく習った言葉を使って身近な問題を話させるようにしてほしい。

○　もし、学習者の日本語の程度が進んでいる場合、最初はやさしすぎるかもしれない。その場合は1項目にかける時間を程度に応じて短くしても、最初から読み進んでいくことをすすめる（その場合は練習帳はやらなくてもいい）。その方が日本事情として全般的な知識が得られるし、後半も深く理解できるであろう。

目　　次

写真・資料提供

茅野一郎「ゆれうごく大地」 小峰書店
高知県東京事務所
兵庫県広報課
本州四国連絡橋公団
日本国勢図会 '95／96　国勢社
日本のすがた1996　国勢社

Ⅰ．日本の都市と人口

1．日本の位置

日本はアジア大陸の東にあります。

日本の東と南西には太平洋があります。

アジア大陸と日本の間には、オホーツク海と日本海と東シナ海があります。

日本は島国です。大きい島が４つと、小さい島が4,000ぐらいあります。大きい島は、北から、北海道・本州・四国・九州です。この他に、九州の南には、沖縄島もあります。

北海道は、本州の北にあります。

九州は、本州の南西にあります。

四国は、本州の南にあります。

日本のひろさは、37万平方キロメートルです。

日本の人口は、約１億2,000万人です。

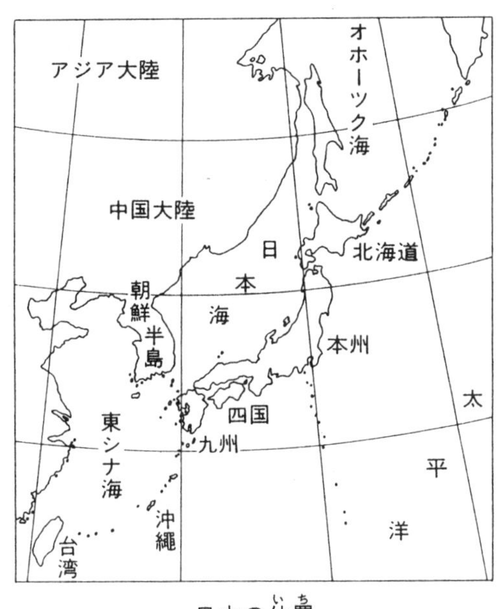

日本の位置

2. 大 都 市

日本には人口100万以上の大都市が11あります。北から札幌、さいたま、東京、横浜、川崎、名古屋、京都、大阪、神戸、広島、福岡です。

東京は日本の首都です。横浜は、日本で２番目に大きい都市です。人口は327万人ぐらいです。３番目に大きい都市は大阪で、人口は248万人ぐらいです。名古屋は日本で４番目に大きい町で、本州のまん中にあります。

札幌は北海道にあります。福岡・北九州市は九州にあります。

3. 都道府県と９地方

日本は１都（東京都）・１道（北海道）・２府（大阪府・京都府）・43県に分けます。

また、９つの地方に分けます。北海道地方、東北地方、関東地方、中部地方、近畿地方、中国地方、四国地方、九州地方、沖縄地方です。

東北地方と関東地方には、県が６つあります。中部地方には、９つの県があります。近畿地方と、中国地方には、県が５つ、四国には、県が４つ、九州には、県が７つあります。沖縄地方は沖縄県１つです。

① 北海道（ほっかいどう）
② 青森県（あおもりけん）
③ 岩手県（いわてけん）
④ 宮城県（みやぎけん）
⑤ 秋田県（あきたけん）
⑥ 山形県（やまがたけん）
⑦ 福島県（ふくしまけん）
⑧ 茨城県（いばらきけん）
⑨ 栃木県（とちぎけん）
⑩ 群馬県（ぐんまけん）
⑪ 埼玉県（さいたまけん）
⑫ 千葉県（ちばけん）
⑬ 東京都（とうきょうと）
⑭ 神奈川県（かながわけん）
⑮ 新潟県（にいがたけん）
⑯ 富山県（とやまけん）
⑰ 石川県（いしかわけん）
⑱ 福井県（ふくいけん）
⑲ 山梨県（やまなしけん）
⑳ 長野県（ながのけん）
㉑ 岐阜県（ぎふけん）
㉒ 静岡県（しずおかけん）
㉓ 愛知県（あいちけん）
㉔ 三重県（みえけん）
㉕ 滋賀県（しがけん）
㉖ 京都府（きょうとふ）
㉗ 大阪府（おおさかふ）
㉘ 兵庫県（ひょうごけん）
㉙ 奈良県（ならけん）
㉚ 和歌山県（わかやまけん）
㉛ 鳥取県（とっとりけん）
㉜ 島根県（しまねけん）
㉝ 岡山県（おかやまけん）
㉞ 広島県（ひろしまけん）
㉟ 山口県（やまぐちけん）
㊱ 徳島県（とくしまけん）
㊲ 香川県（かがわけん）
㊳ 愛媛県（えひめけん）
㊴ 高知県（こうちけん）
㊵ 福岡県（ふくおかけん）
㊶ 佐賀県（さがけん）
㊷ 長崎県（ながさきけん）
㊸ 熊本県（くまもとけん）
㊹ 大分県（おおいたけん）
㊺ 宮崎県（みやざきけん）
㊻ 鹿児島県（かごしまけん）
㊼ 沖縄県（おきなわけん）
北海道地方
① 北海道
② 青森
秋田 ⑤
岩手 ③
東北地方
山形 ⑥
宮城 ④
新潟 ⑮
福島 ⑦
中部地方
栃木 ⑨
茨城 ⑧
群馬 ⑩
関東地方
⑯ 富山
⑰ 石川
長野 ⑳
埼玉 ⑪
千葉 ⑫
⑱ 福井
岐阜 ㉑
山梨 ⑲
東京 ⑬
⑭ 神奈川
近畿地方
中国地方
㉛ 鳥取
㉘ 兵庫
京都 ㉖
㉕ 滋賀
愛知 ㉓
静岡 ㉒
島根 ㉜
㉝ 岡山
㉞ 広島
大阪 ㉗
奈良 ㉙
三重 ㉔
㉚ 和歌山
山口 ㉟
香川 ㊲
徳島 ㊱
愛媛 ㊳
高知 ㊴
四国地方
㊶ 佐賀
福岡 ㊵
㊹ 大分
長崎 ㊷
熊本 ㊸
㊺ 宮崎
鹿児島 ㊻
九州地方
沖縄地方
㊼ 沖縄

4．人口密度

日本では、関東・中部・近畿の３地方に人口の40％（パーセント）が住んでいます。人口密度は１平方キロメートルに住んでいる人の数です。日本全体の人口密度は335人です（1993年）。

日本で、人口密度がいちばん高い所は東京都で、5,410人です。つぎは大阪府の4,614人、そのつぎは神奈川県の3,377人です。

日本でいちばん人口密度が低い所は、北海道で、72人です。つぎは、岩手県の93人、つぎは秋田県の105人、つぎは高知県と島根県の115人です。人口密度が高すぎるところを過密、低すぎる所を過疎といいます。今、日本では、過密と過疎が進んでいます。

5．高齢化

日本では1920年から1990年の70年の間に人口が2.2倍になりました。しかし、今はあまり増加していません。1985年から1990年の間の増加は2.1％でした。

今、日本では生まれてくる子どもの数が少なくなって、年よりの数が多くなっています。これを人口の高齢化といいます。1991年に65歳以上の人の数は、総人口の13％でしたが、予測では2010年に20％になって、人口の高齢化が今より進みます。

日本人は世界でいちばん寿命が長い国民です。1993年に日本人の平均寿命は、男が76.25歳、女が82.51歳でした。

表 7–2　都道府県別の人口密度

（1993年10月1日現在）

	人口密度（1km²につき人）		人口密度（1km²につき人）
北海道	72	滋賀	313
青森[1]	153	京都	565
岩手	93	大阪	4 614
宮城	314	兵庫	655
秋田[1]	105	奈良	383
山形	134	和歌山	229
福島	154	鳥取	175
茨城	479	島根	115
栃木	307	岡山	272
群馬	312	広島	339
埼玉	1 746	山口	256
千葉	1 110	徳島	200
東京	5 410	香川	547
神奈川	3 377	愛媛	266
新潟	197	高知	115
富山	264	福岡	981
石川	280	佐賀	360
福井	197	長崎	379
山梨	194	熊本	250
長野	160	大分	194
岐阜	197	宮崎	151
静岡	477	鹿児島	194
愛知[2]	1 320	沖縄	551
三重[2]	315	全国	335

図6－2　年齢構成の国際比較

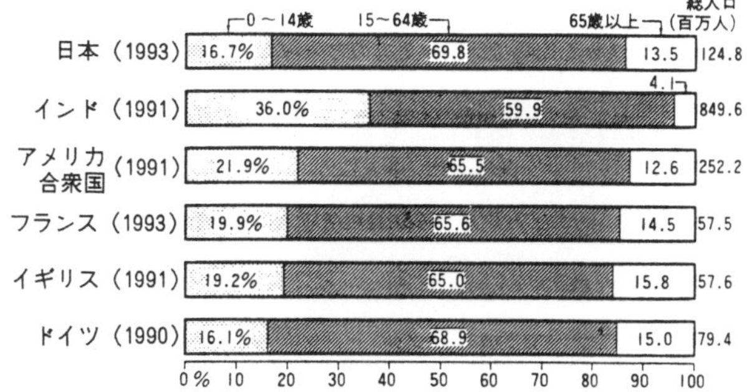

表51－15　平均寿命の国際比較

	男	女		男	女
日本（1993）	76.25	82.51	イギリス[1]（1989～90）	73.2	78.7
アイスランド（1991～92）	75.74	80.89	イタリア（1988）	73.18	79.70
スウェーデン（1992）	75.35	80.79	フランス（1990）	72.75	80.94
ホンコン（1991）	74.9	80.5	ドイツ[2]（1988～90）	72.55	78.98
イスラエル（1989）	74.54	78.09	アメリカ合衆国（1991）	72.2	79.1
スイス（1990～91）	74.1	80.9	中国（1985～90）	67.98	70.94
オランダ（1991）	74.05	80.15	ロシア（1989）	64.20	74.50
ノルウェー（1991）	74.01	80.09	エジプト（1985～90）	57.80	60.30
オーストラリア（1990）	73.86	80.01	インド（1981～85）	55.40	55.67

図3－2　世界の人口密度（1993年）

人口密度（1km²あたり）

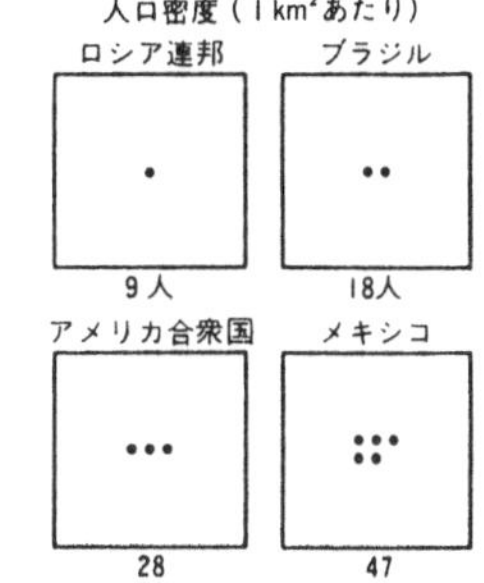

インドネシア 99　中国 124
ナイジェリア 129　パキスタン 154
ドイツ 227　インド 273
日本 331　バングラデシュ 849

表6－3　国勢調査人口（各年10月1日現在）

	総人口（千人）	5年間の人口増加率（%）	人口密度（1km²あたり人）
1920（大正 9）	55 963	*6.1*	146.6
1925（〃 14）	59 737	*6.7*	156.5
1930（昭和 5）	64 450	*7.9*	168.6
1935（〃 10）	69 254	*7.5*	181.0
1940（〃 15）	71 933	*3.9*	188.0
1945（〃 20）[1]	72 147	[2] *1.1*	196.0
1947（〃 22）	78 101	—	212.0
1950（〃 25）	83 200	*15.3*	225.9
1955（〃 30）	89 276	*7.3*	241.5
1960（〃 35）	93 419	*4.6*	252.7
1965（〃 40）	98 275	*5.2*	265.8
1970（〃 45）	103 720	*5.5*	280.3
1975（〃 50）	111 940	[3] *7.0*	300.5
1980（〃 55）	117 060	*4.6*	314.1
1985（〃 60）	121 049	*3.4*	324.7
1990（平成 2）	123 611	*2.1*	331.6

4 年齢別人口のわりあい

0～14歳　15～64歳　65歳以上

1960年　30.0%　64.3　5.7
1970年　23.9%　69.0　7.1
1980年　23.5%　67.3　9.1
1990年　18.2%　69.5　12.0
1994年　16.3%　69.6　14.1

0%　20　40　60　80　100

6. 首 都 圏

東京は日本の首都です。人口は約1,100万で、日本でいちばん大きい都市です。

東京都には23の区と27の市があります。

東京のまわりには、大きい市がたくさんあります。八王子市、立川市、横浜市、川崎市、さいたま市、千葉市、船橋市などです。ここを、首都圏といいます。首都圏というのは、首都とそのまわりのところという意味です。

東京は、日本の政治、経済、文化の中心地です。政府の建物や、大きい会社の本社、大学などがたくさんあります。ここへ毎日たくさんの人が電車やバスで通勤や通学をします。通勤や通学に1時間以上かかる人が多いです。

東京では、昼間は人口密度が多くなります。東京の中心の千代田区では、昼間の人口が夜の人口の20倍になります。

今、日本では大都市に人口が集中しています。大都市に集まってくるのは、若い人たちが多いです。大都市に若い人が集中するので、地方には、年よりの多い過疎の村が多くなっています。

新宿副都心

栃木県
群馬県
宇都宮
前橋
水戸
長野県
茨城県
筑波
東京から100km
埼玉県
所沢
さいたま
柏
松戸
川口
越谷
八王子
立川
市川
山梨県
東京
船橋
千葉
相模原
町田
川崎
神奈川県
横浜
東京から30km
静岡県
平塚
藤沢
横須賀
東京から50km
東京から100km
埼玉県
① 千代田区
② 中央区
③ 港区
④ 新宿区
⑤ 文京区
⑥ 台東区
⑦ 墨田区
⑧ 江東区
⑨ 品川区
⑩ 目黒区
⑪ 大田区
⑫ 世田谷区
⑬ 渋谷区
⑭ 中野区
⑮ 杉並区
⑯ 豊島区
⑰ 板橋区
⑱ 練馬区
⑲ 北区
⑳ 荒川区
㉑ 足立区
㉒ 葛飾区
㉓ 江戸川区
武蔵野市
調布市
狛江市
千葉県
東京都
東京湾
神奈川県
① 千代田区（ちよだく）
② 中 央 区（ちゅうおうく）
③ 港　 区（みなとく）
④ 新 宿 区（しんじゅくく）
⑤ 文 京 区（ぶんきょうく）
⑥ 台 東 区（たいとうく）
⑦ 墨 田 区（すみだく）
⑧ 江 東 区（こうとうく）
⑨ 品 川 区（しながわく）
⑩ 目 黒 区（めぐろく）
⑪ 大 田 区（おおたく）
⑫ 世田谷区（せたがやく）
⑬ 渋 谷 区（しぶやく）
⑭ 中 野 区（なかのく）
⑮ 杉 並 区（すぎなみく）
⑯ 豊 島 区（としまく）
⑰ 板 橋 区（いたばしく）
⑱ 練 馬 区（ねりまく）
⑲ 北　 区（きたく）
⑳ 荒 川 区（あらかわく）
㉑ 足 立 区（あだちく）
㉒ 葛 飾 区（かつしかく）
㉓ 江戸川区（えどがわく）
首都圏地図

東京23区

II. 日本の気候

7. 四　　季

日本は南北にほそ長い国ですから、あたたかい地方やさむい地方があります。北海道では、冬はたいへんさむくなりますが、沖縄や九州の南では、冬もあまりさむくなりません。東京の平均気温は、1月は4.7度、4月は13.9度、8月は26.7度、10月は17.3度ぐらいです。桜の花は、沖縄では2月のはじめに、九州の南では3月のはじめに、東京では4月のはじめに、北海道では5月のはじめにさきます。

日本には、春・夏・秋・冬の四季があります。3月・4月・5月は春で、6月・7月・8月は夏です。9月から11月までは秋で、12月から2月までは冬です。

日本では、夏は昼間の時間が長くなりますが、冬は昼間の時間が短くなります。東京で夏のいちばん昼間の長いときには、日は4時半ごろ出て7時ごろ入りますが、冬のいちばん昼間の短いときには、6時50分ごろ出て4時40分ごろ入ります。3月21日ごろと9月23日ごろは、昼間の時間と夜の時間が同じになります。春のこの日が「春分の日」で、秋のこの日が「秋分の日」です。春分の日も秋分の日も国民の休日です。

国民の休日

1月1日	元日	7月20日	海の日
1月15日	成人の日	9月15日	敬老の日
2月11日	建国記念の日	9月23日（ごろ）	秋分の日
3月21日（ごろ）	春分の日	10月10日	体育の日
4月29日	みどりの日	11月3日	文化の日
5月3日	憲法記念日	11月23日	勤労感謝の日
5月5日	こどもの日	12月23日	天皇誕生日

5月10日
4月30日
4月20日
4月20日
4月10日
4月10日
3月31日
3月31日ごろ
4月10日ごろ

さくらのさく時期

8. 季節風

日本では、夏には太平洋から南東の風が、冬にはアジア大陸から北西の風がふきます。これは毎年おなじ季節にふく風で、季節風といいます。

夏の季節風も冬の季節風も海からふいてくるので、水分が多いです。それで、夏は太平洋がわで雨がたくさんふり、冬は日本海がわで雪がたくさんふります。しかし、本州の中央に高い山があるので、日本海がわで雪がふるときは、太平洋がわでは、晴れた日がつづきます。

日本海がわでは冬、雪がたくさんふります。新潟県の高田市で1945年２月26日に、雪が3.77メートルふったことがあります。東京でもときどき雪がふりますが、大雪にはなりません。

日本には、季節風の影響をあまりうけない地方もあります。瀬戸内海の沿岸の地方や、本州の中央の高地などです。

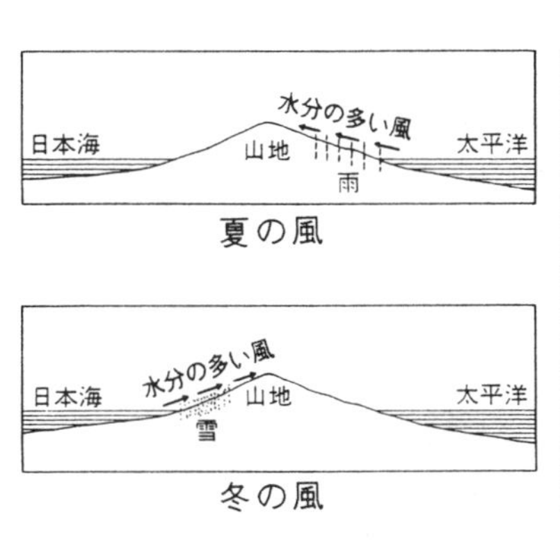

夏の風

冬の風

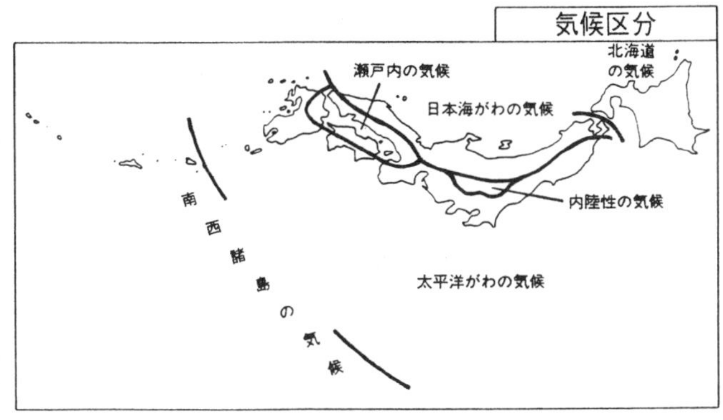

表４－２　日本各地の最深積雪

	cm	年月日		cm	年月日
根室（ねむろ）	92	1933. 3. 29	名古屋（なごや）	49	1945. 12. 19
札幌（さっぽろ）	169	1939. 2. 13	京都（きょうと）	41	1954. 1. 26
青森（あおもり）	209	1945. 2. 21	大阪（おおさか）	18	1907. 2. 11
仙台（せんだい）	41	1936. 2. 9	鳥取（とっとり）	129	1947. 2. 22
東京（とうきょう）	46	1883. 2. 8	広島（ひろしま）	31	1893. 1. 5
高田（たかだ）	377	1945. 2. 26	高知（こうち）	10	1987. 1. 13
福井（ふくい）	213	1963. 1. 31	福岡（ふくおか）	30	1917. 12. 30
長野（ながの）	80	1946. 12. 11	鹿児島（かごしま）	29	1959. 1. 17

理科年表1992年版による。1990年までの最大値。　『日本国勢図会』

9．つ　ゆ

日本や朝鮮半島の南部、中国大陸の中部や南部・東南アジアなどでは、毎年6月の半ばから7月の半ばごろまで雨季になります。日本では、このころを「つゆ」とか「梅雨」といいます。つゆには毎日雨がふります。雨がふらない日にもあまりいい天気にはなりません。

しかし、つゆの活動は、年によってたいへんちがいます。雨がふらない空つゆの年もあるし、毎日毎日雨がふることもあります。また、集中豪雨になることもあります。

つゆの雨は、西日本ではたくさんふりますが、東北地方ではあまりふりません。北海道では、つゆはありません。

各地の梅雨入りと梅雨明け

青森	6月15日～7月26日
仙台	6月11日～7月21日
新潟	6月9日～7月20日
東京	6月9日～7月18日
名古屋	6月9日～7月17日
大阪	6月8日～7月17日
広島	6月7日～7月18日
福岡	6月6日～7月18日
鹿児島	6月1日～7月15日
那覇	5月11日～6月22日

(昭和26～55年の平均)「NHK最新気象用語ハンドブック」による。

※集中豪雨　短い時間の間にせまい地域に大雨が降ること。梅雨の終わりによくおこる。

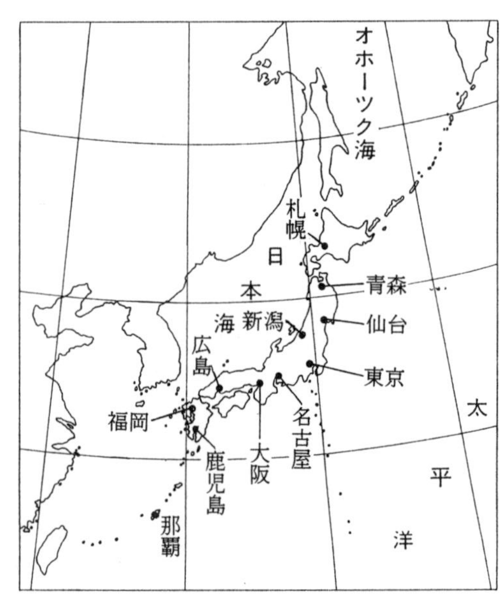

10. 台　　風

日本では、毎年、台風が度々来ます。とくに8月と9月に多く来ます。

台風は、南の海で発生した熱帯性低気圧がだんだん発達したものです。

台風の進路は、たいていきまっています。南の海で発生し、北に向かって進み、沖縄や南九州、南四国に上陸し、本州の上空に来ます。台風は年によってたいへんちがいますが、平均一年に27個発生し、3個上陸します。

台風が通る時は、大風が吹いたり、大雨が降ったりします。台風は海上を発達しながら進んで来るので、上陸するときはたいへん力が強いです。上陸した所では、大きい被害が出ることがあります。また、台風が日本の近海を通るときにも、その影響で暴風雨になることもあります。

台風発生数および日本への上陸数

月別台風発生および上陸回数（1951年～1980年）　『理科年表』

	1月	2月	3月	4月	5月	6月	7月	8月	9月	10月	11月	12月	合計	30年平均
発生数	15	9	14	24	33	50	121	161	149	118	76	36	806	26.9
上陸数	—	—	—	1	1	4	13	34	29	7	—	—	89	3.0

地域別台風上陸数
（1951年～1980年）

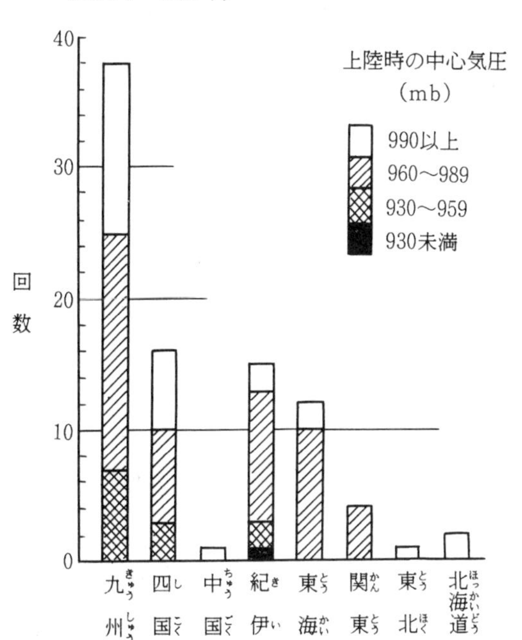

おもな台風の進路

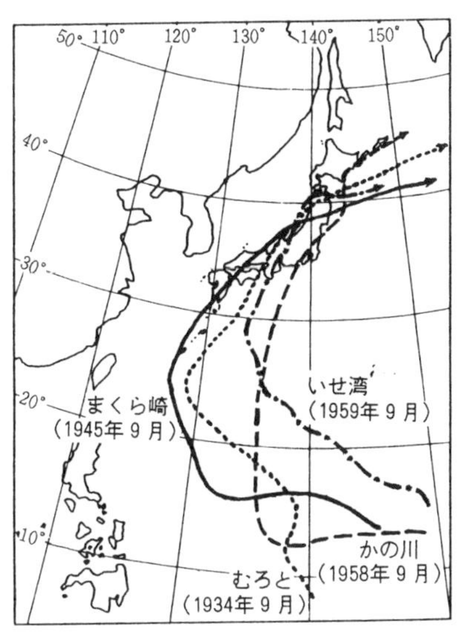

Ⅲ. 日　本　列　島

11. 日本列島

今から数十万年前には、日本列島はアジア大陸の一部でした。その後、太平洋の周りで、火山活動がさかんになり、富士山やそのほかの山がたくさんできました。また、日本と朝鮮半島の間も海になり、日本は島になりました。日本と大陸との間にある日本海は深さが200メートル以下の浅い海です。しかし、太平洋は深い海で、深さが6,000メートルから10,000メートルもあります。

日本は山が多い国で、国土の３分の２近くは山地です。日本列島のまん中には背骨のように山が続いています。高い山が続いているところを山脈といいます。それで、日本列島全体は海の中にそびえている山脈のようです。

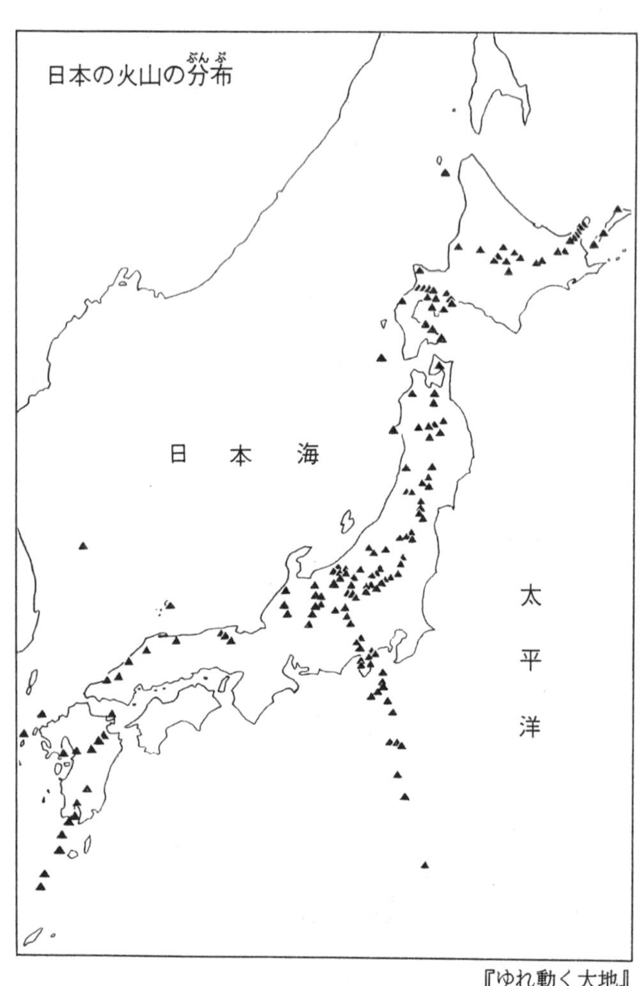

『ゆれ動く大地』

日本列島の中央には、3,000メートル以上の山がたくさんそびえています。この山々は、ドイツとスイスの間にあるアルプスににているので、日本アルプスともいいます。

日本の山は火山が多いです。しかし、今は活動していない火山もあります。火山の近くにはたいてい温泉があります。

12. 富 士 山

富士山は、日本でいちばん高い山で、高さが3,776メートルあります。形がたいへん美しい山で、そばに山がないので、ふもとから頂上まで見えます。また、どこから見ても、ほとんど同じ形です。むかし、何度も噴火をくりかえして、今のような美しい形になりました。富士山は、1707年に中腹にある山が大噴火をしました。そのときには、東京でも灰がふりました。しかし、今は活動を休んでいます。

富士山の北側には、美しい湖が５つあります。その湖を富士五湖といいます。富士五湖の近くは、林がつづいていますが、富士山の上の方には、木も草もはえていません。１年じゅう雪があるところもあります。

一般の人が富士山に登ることができるのは、７月の初めから８月の終わりごろまでです。

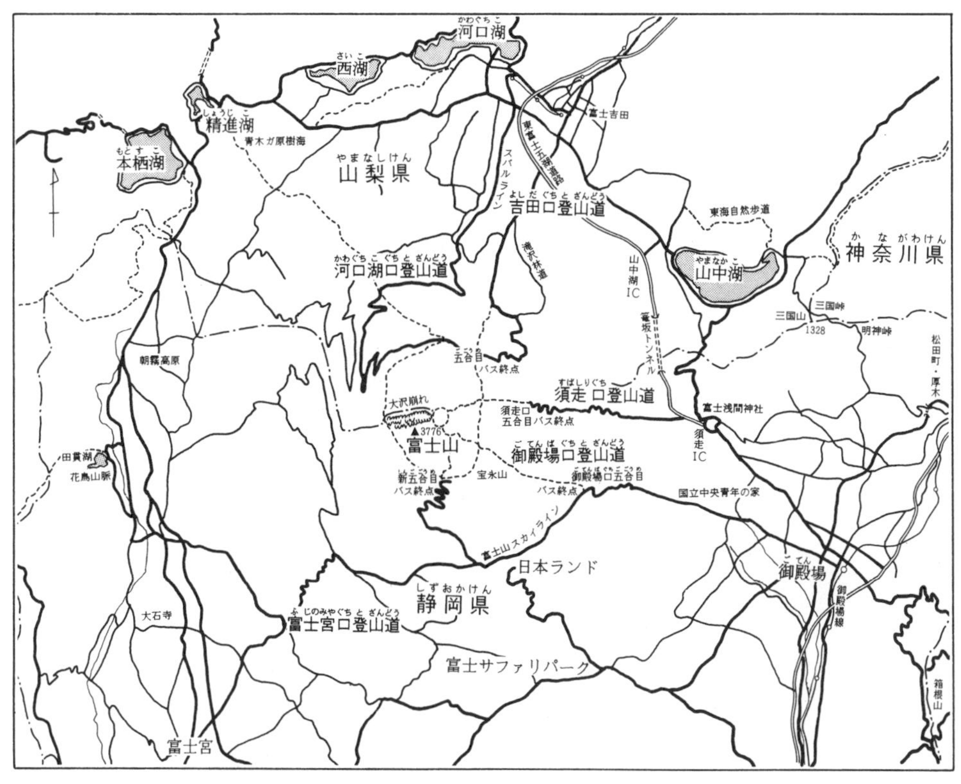

13. 阿　蘇　山

阿蘇山は、二重式火山です。二重式火山というのは、一度噴火したところが陥没して火口原になり、その中に、また火口ができたものです。阿蘇山の旧火口は、3,4万年前にできたもので、東西18キロメートル、南北24キロメートルもある世界でいちばん大きい火口です。今、この火口原で、5万人もの人が農業や牧畜をして生活しています。火口原の中をＪＲ線も通っています。日本には国立公園が28ありますが、阿蘇山もその中の1つです。

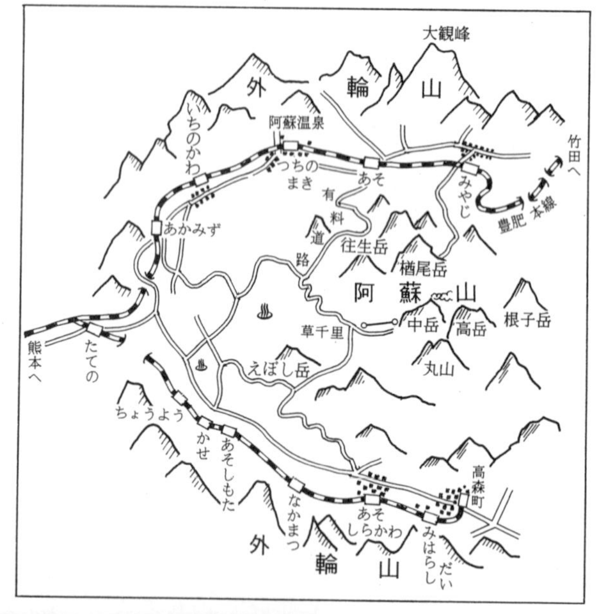

阿蘇山

国立公園一覧図

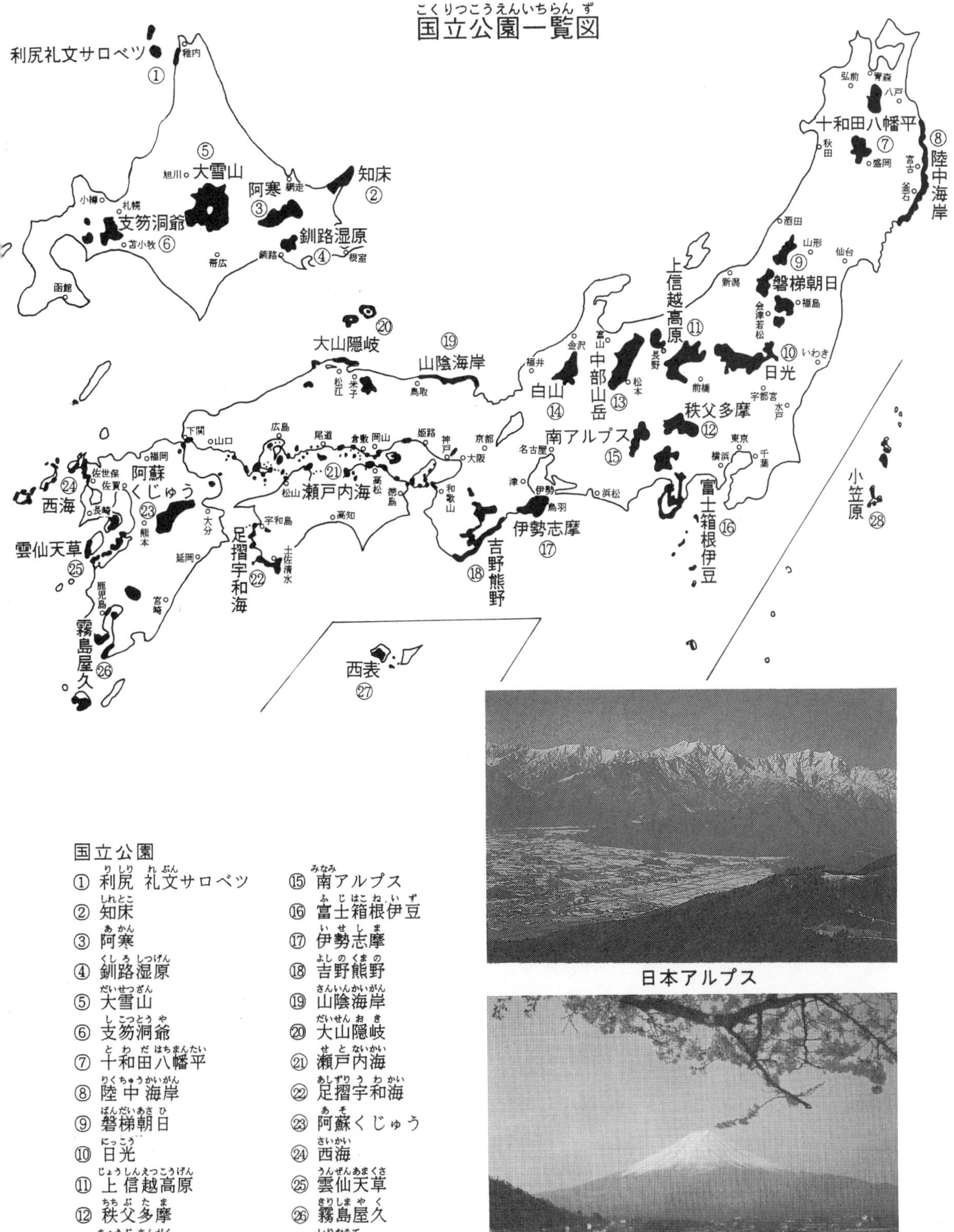

日本アルプス

富士山

国立公園

① 利尻 礼文サロベツ
② 知床
③ 阿寒
④ 釧路湿原
⑤ 大雪山
⑥ 支笏洞爺
⑦ 十和田八幡平
⑧ 陸中海岸
⑨ 磐梯朝日
⑩ 日光
⑪ 上信越高原
⑫ 秩父多摩
⑬ 中部山岳
⑭ 白山
⑮ 南アルプス
⑯ 富士箱根伊豆
⑰ 伊勢志摩
⑱ 吉野熊野
⑲ 山陰海岸
⑳ 大山隠岐
㉑ 瀬戸内海
㉒ 足摺宇和海
㉓ 阿蘇くじゅう
㉔ 西海
㉕ 雲仙天草
㉖ 霧島屋久
㉗ 西表
㉘ 小笠原

14. 日 本 の 川

日本は、山が多く、海のそばまで山地の所が多いので、川は、一般に短いです。日本でいちばん長い川は信濃川で、長さが367キロメートルです。これは、世界でいちばん長いアフリカのナイル川の18分の1、中国の揚子江の15分の1です。

日本の川は短くて流れが急なので、ふつうは川に水があまりありません。しかし、梅雨や台風の時には、水が急に多くなって度々あふれます。

長い川のない日本には、あまり広い平野もありません。

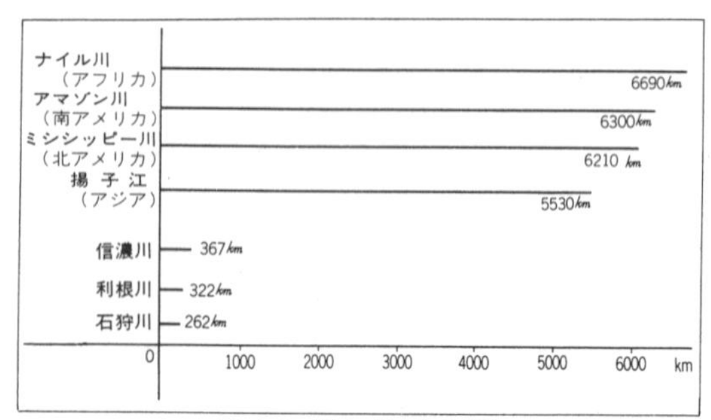

日本の川と世界の川

15. 石 狩 平 野

石狩平野

北海道の石狩平野は日本で2番目に広い平野です。北海道ではアイヌ人が魚や動物をとって生活していました。そこが明治時代のはじめに開拓されました。札幌はその時にできた町です。札幌の町には、今も開拓当時に建てた旧 庁 舎などが残っています。そのころできた札幌農学校が後に北海道大学になりました。「少 年よ大志を抱け」という有名な言葉は、札幌農学校で教えていたクラーク博士が学生に残した言葉です。

サッポロというのはアイヌ語のサトポロで「乾いた土地」という意味です。北海道にはアイヌ語の地名がたくさんあります。

アイヌの長老

16. 水と戦う濃尾平野

濃尾平野の西部は、木曽川、長良川などの３つの大きな川が合流しているところで、つゆや台風で川の水が多くなると、度々洪水になりました。それで、この地方では500年も前から、堤防をつくったり、土を高くして、その上に家を建てたりして、水害を防いできましたが、それでも水害にあうことが度々ありました。

濃尾平野の南部の伊勢湾沿岸の地方は、1959年９月の伊勢湾台風のとき、５メートルの高潮が堤防をこえて流れこみ、5,000人もの人が死にました。その後、ここには７メートルの堤防がつくられ高潮や津波に備えています。

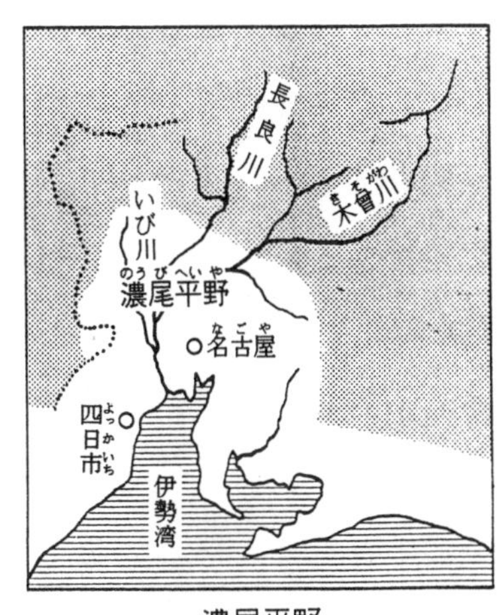

濃尾平野

濃尾平野の東部は台地で、水が少なく農業はほとんどできませんでした。1961年、ここに木曽川から水を引いて長さ112キロメートルの愛知用水ができました。用水というのは、水を引く工事をしてつくった川です。それで、昔は農業ができなかった濃尾平野の東部も、今は、米づくり、野菜づくり、養鶏などの盛んな地帯に変わっています。

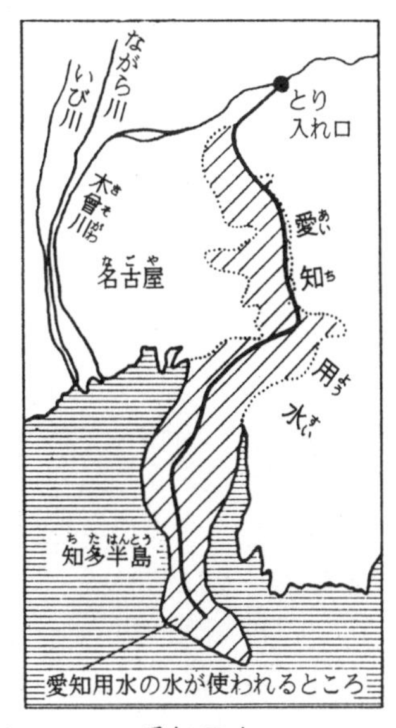

愛知用水

※　高潮　台風（低気圧）が上空に来たとき、気圧が低いほうに吸い上げられて海面が高くなる現象。

（１ヘクトパスカルで１㎝上がる。）

17. 阪神大震災

1995年１月17日の早朝、強い地震が阪神地方で起こりました。震源地は淡路島の北で、神戸市、西宮市、芦屋市、淡路島が特に大きな被害を受けました。これは活断層の動きによって起きた都市直下型の地震で、マグニチュード7.2、震度７という今までにない大きな揺れの地震でした。

この地震で、電気・水道・ガスなどのライフラインもほとんど壊れ、高速道路や新幹線も使えなくなりました。建物が地震で壊れただけでなく、その後で火事も発生しましたが、水道が壊れたり、道路が壊れたりして消火ができず、救助がおくれ、被害が広がりました。この地震で死者は6,300人にもなりました。

このように大きな地震では、災害地の役所や病院も被害を受け、そこで働く人も被災者であったり、情報システムも壊れたりして混乱し、政府に情報が届くのも遅れて、対応が遅くなってしまいました。しかし、被災者は水や食糧を分けあって、落ち着いて行動し、大きな犯罪は起きませんでした。

地震の様子が伝わると、日本全国からおおぜいのボランティア活動の人が被災地に行き、被災者を助け、力になりました。また、海外のたくさんの国から救助や支援を受けました。

倒れた電車

割れた地面

※ 活断層　過去十数万年の間に同じ場所で、何度も地下の岩盤がずれて地震を繰り返してきた断層のこと。日本列島にはこの活断層がほとんど全国に広がっていて、ここで数百年から数千年サイクルで地震が起きている。

※ マグニチュード　地震の大きさをあらわすもの。マグニチュードが１大きくなると、地震のエネルギーは約30倍になる。マグニチュード８の地震は、マグニチュード６の地震の900倍（30×30）のエネルギーがある。

表１　阪神大震災の概要

【地震】	
発生日	1995年１月17日
発生時刻	A.M.５時46分ごろ
震源地	淡路島北端付近
マグニチュード	7.2
【ライフラインの被害】（発生翌日）	
ガス	約84万戸
水道	92万3900世帯
電気	約38万戸
電話	約19万3000回線
【被害・救護体制】（４月19日現在）	
死者・行方不明者数	5 504人
うち兵庫県内	5 482人
負傷者数	3万4900人
倒壊家屋数	17万1481棟
（　〃　）	25万8937世帯
焼失家屋数	7 456棟
（　〃　）	7 600世帯
被害総額	９兆9492億円
被害額の国内総生産に対する割合	2.1%
被害額の県内総生産に対する割合	51.5%
避難所数	630箇所
避難者数	4万9980人
ボランティア人数（発生後３ヶ月）	延べ約117万人

兵庫県，警察庁，NTT関西調べ。ただし，ライフラインの被害，死者・行方不明者数以外は兵庫県内。被害総額は３月８日付兵庫県推計。国内総生産は1993年度，県内総生産は1991年度。

壊れた高速道路

18. 過密地帯関東平野

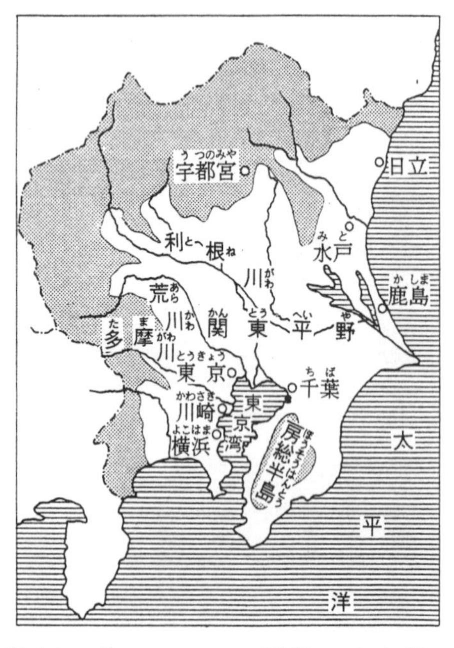

関東平野は、利根川、相模川の流域に発達した日本でいちばん広い平野です。関東平野の中心の町東京は、以前は江戸といいましたが、1868年に首都が京都から移り、東京という名前にかわりました。江戸は、江戸時代に幕府のあったところで、そのころから人口100万の大きな町でした。現在の皇居は江戸城のあったところです。

今、都心は官庁や会社のビルが立ち並ぶところとなり、人口が減少し、人々の生活の場は、東京の郊外や神奈川、埼玉、千葉の3県に移りました。これを人口のドーナツ化現象といいます。横浜・川崎・八王子・さいたま・千葉などの町は、首都の周りの中核都市になっています。

東京の町は平野に向かって広がるだけでなく、海の方へも広がっています。大規模に東京湾が埋め立てられ、埋立地に公園やベッドタウンや様々な建物が建てられています。東京湾の埋め立ては、江戸時代から行われていましたが、埋め立てに大都市のごみを使うようになってから、急速に進み、建設技術の進歩で大規模な臨海地区（ウォーターフロント）の開発の時代になりました。

皇　居

1923年、関東平野東部、神奈川県の中部から相模湾の東部、房総半島にかけての一帯で、マグニチュード7.9の地震がおこりました。この地震は、人口密集地で発生したこと、その後で火事や津波が発生したことで、14万人もの人が死んだり行方不明になる大きな災害になりました。これを関東大震災といいます。

地球は、何枚かのプレートでおおわれています。日本は、その中の1枚のユーラシアプレートのいちばん東のはしにあります。一方、太平洋の底もほとんど1枚のプレートでできていて、それが1年間に数センチずつ東のほうから動いてきて、日本の近くでユーラシアプレートにぶつかって、その下にもぐりこんでいます。そのため、大きなエネルギーが日本の東側のところにたまり、何百年かに1回、非常に大きな地震が発生します。関東大地震もそういう地震の1つだと考えられています。

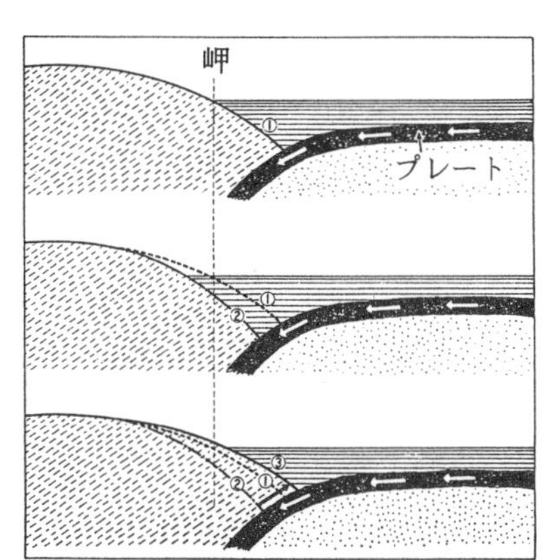

世界の震源分布とプレート

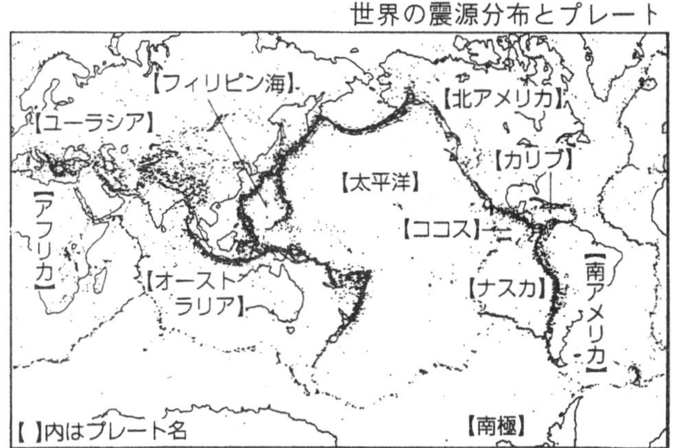

関東大震災直後の東京（銀座）

Ⅳ. 日 本 の 産 業

19. 日 本 の 産 業

日本は、1930年ごろまでは農業が産業の中心の国でした。1950年にも仕事をしている人の48.3%が農業をしていました。

農業や林業、水産業などを第1次産業といい、機械工業、鉄鋼業、化学工業、建設などを第2次産業といいます。日本では、1950年にはいると、第2次産業が急速に発達し、第1次産業の割合が低くなりました。第2次産業でどんどん物を作るようになると、商業や交通の第3次産業も発達し、現在は、第3次産業の割合が最も高いです。

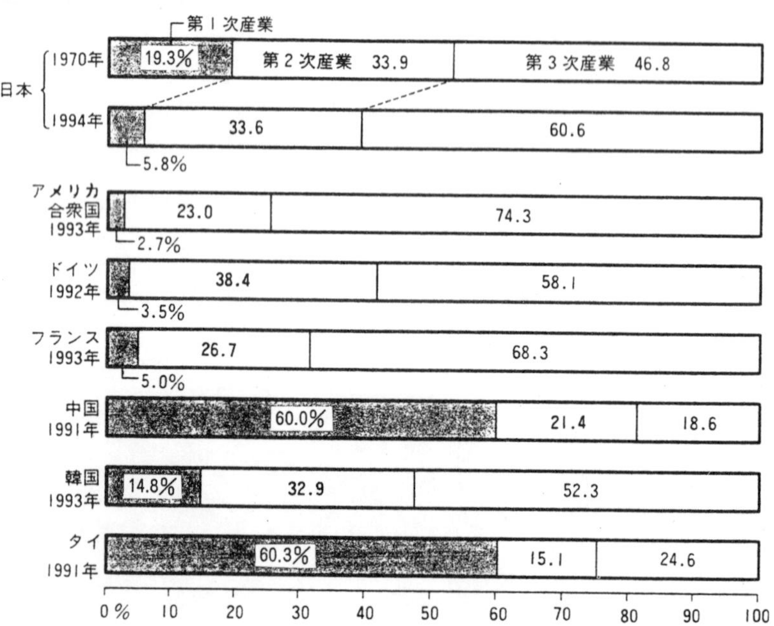

※ 第1次産業　農林水産業

第2次産業　鉱業・工業・建設業・製造業

第3次産業　商業・運輸通信業・サービス業（洗たく・理容・浴場・娯楽・放送・広告・医療・教育など）

20. 日本の農業

日本の農家の１戸の平均耕地面積は1.2ヘクタール（ha）です。これは、アメリカ・イギリスなどの国々にくらべると、ひじょうに狭いです。それで、農家は、せまい耕地で生産を多くするために、米を作った後に野菜を作ったり、肥料をたくさん使ったりして、収穫を多くしています。しかし、肥料をたくさん使えば、お金がたくさんかかるし、耕地面積が少ないので、収入が少なく、農業だけでは生活するのがむずかしいです。それで、農業以外の仕事をする農家が多くなってきました。農業以外の仕事としては、漁業や林業や牧畜業をしたり、近所の工場や会社に勤めたりします。

農業だけをしている農家を主業（専業）農家、農業をしているがそれ以外の仕事もする農家を副業（兼業）農家といいます。主業（専業）農家というのは、その家の収入（所得）の50％以上を農業から得ていて、65歳より若い人が農業をしている農家です。今、日本では主業農家が大変少なくなって、農業をしている人も高齢化しています。

このような日本の農業ですが、主業農家の中には、他の農家に頼まれて代わりに農業をやったり、土地を借りたりして耕地面積を広くして大規模農業を始めるという新しい動きも出ています。

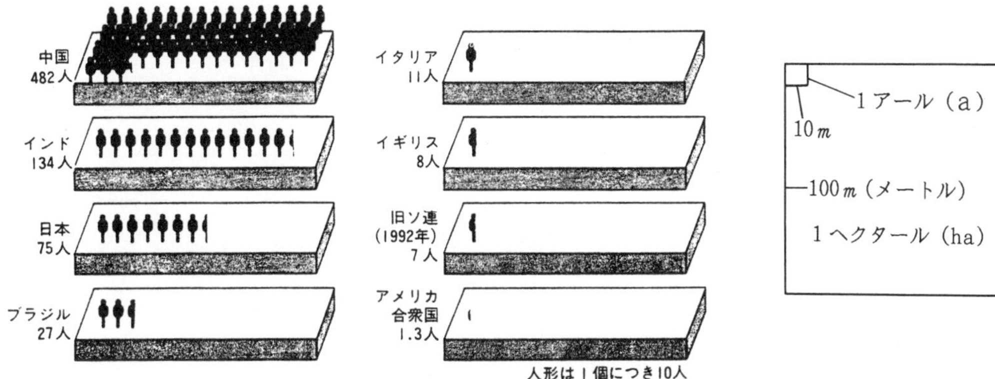

9 耕地100haをたがやす農民の数（1994年）（国連しらべ）

21. 農　産　物

米　日本の農業は米作が中心で、耕地の約40％で米をつくっています。米作は昔からしていましたが、稲は暖かい地方の植物なので、北海道ではできませんでした。また、北の地方では、夏になっても気温が上がらず、稲が成長しないで、収穫できないことが度々ありました。これを冷害といいます。東北地方や雪の多い地方の農民は、度々冷害にあい、生活は苦しいものでした。それで、寒さに強い稲の種類に品種を改良する研究をして、1946年ごろから改良した品種で米がつくれるようになりました。今、米がいちばんとれる所は北海道で、次が新潟県です。

米は、日本人の主食です。日本には食糧管理法という法律があって、その法律によって、米は、政府が値段を決めて農家から高く買い、消費者に安く売っていました。しかし、新食糧法ができて、1995年秋から自由に売買できるようになりました。

日本では1969年ごろから人々の食生活が変化し、パンをたくさん食べるようになり、米があまりはじめました。食生活が変化したのですから、米の生産からパンの原料の麦の生産にかわるといいのですが、日本でとれる麦はパンの原料には適しません。それで、麦は、アメリカなどから輸入しています。日本では、1960年ごろは、食料の農産物は国内の消費量の90％を生産していましたが、1993年には、58％しか生産できなくなりました。

5 日本の小麦の輸入先（たん位　万t）

	1960	1970	1980	1990	1993	1994
アメリカ合衆国	98.1	258.6	335.2	305.5	322.8	370.6
カナダ	132.6	119.5	134.0	141.2	143.0	140.0
オーストラリア	30.7	90.3	99.0	100.7	115.5	124.6
合　計	[1]267.8	[1]468.5	568.2	547.4	581.4	635.2

通商産業省しらべ。　1)その他の国をふくむ。

野菜 日本では、野菜の種類が多く、生産量も多いです。野菜は、むかしからあった大根・白菜・なす・きゅうり・にんじんなどのほか、キャベツ・ピーマン・レタス・セロリなどの西洋野菜もつくられています。最近は、これらの野菜がたいてい1年じゅう食べられます。それは、ビニールハウスで野菜をつくる促成栽培が行われるようになったり、交通が便利になって、夏、涼しい高原で野菜をつくることなどがさかんになったからです。野菜は4万ヘクタールでつくられていて、その6％がビニールハウスなどになっています。

果物 日本には、暖かい地方の果物や、寒い地方の果物があって、種類も非常に豊富です。

みかんは、中部地方以南の太平洋に面した日当たりのいい山の斜面で、りんごは青森県や長野県の寒い地方でつくられています。今、一般に食べているりんごは、明治時代にアメリカ人が苗木を移植し、栽培したものがはじまりです。ぶどうは、雨の少ない中部地方の甲府盆地でたくさんとれます。このほかにも、かき・なし・ももなどが各地で栽培されていますし、沖縄のパインアップル、山形のさくらんぼなども有名です。

高原野菜

ビニールハウスがつづく畑

おもな野菜（1993年）		
	数量（千t）	主産地（%）
きゅうり	889	群馬 9・埼玉 8・福島 8・宮崎 8・千葉 5
かぼちゃ	257	北海道 41・鹿児島 8・茨城 6・神奈川 3・岡山 3
なす	449	高知 10・福岡 7・愛知 5・熊本 5・埼玉 5
トマト	737	熊本 9・千葉 8・愛知 7・茨城 6・福島 5
キャベツ	1513	愛知 14・群馬 11・千葉 9・北海道 6・神奈川 6
はくさい	1185	茨城 21・長野 18・愛知 5・北海道 4・群馬 4
ほうれんそう	378	埼玉 12・千葉 11・群馬 8・茨城 5・北海道 5
たまねぎ	1367	北海道 53・兵庫 12・佐賀 7・愛知 4・香川 3
だいこん	2225	北海道 11・千葉 8・宮崎 7・鹿児島 6・青森 5
かぶ	202	千葉 25・埼玉 12・滋賀 5・京都 4・岐阜 4
にんじん	709	北海道 26・千葉 18・青森 8・徳島 7・埼玉 5
ごぼう	237	茨城 17・千葉 16・北海道 11・青森 8・群馬 7
れんこん	53	茨城 35・徳島 14・愛知 10・山口 6・岡山 5
レタス	493	長野 33・茨城 12・香川 7・兵庫 5・静岡 4
ピーマン	156	宮崎 26・茨城 15・高知 15・岩手 5・鹿児島 5

おもな果物（1993年）		
	数量（千t）	主産地（%）
みかん	1490	愛媛 16・和歌山 14・静岡 11・熊本 8・佐賀 8
りんご	1011	青森 48・長野 24・山形 8・岩手 7・福島 5
ぶどう	260	山梨 26・長野 12・山形 11・岡山 6・北海道 5
なし	382	鳥取 15・千葉 11・茨城 10・長野 9・福島 7
かき	241	和歌山 21・奈良 12・岐阜 8・福岡 7・山形 5
もも	173	山梨 32・福島 18・長野 14・山形 8・和歌山 8
パインアップル	27	沖縄 100

22. 日本の畜産業

日本人は魚をたくさん食べ、牛・豚の肉はあまり食べませんでした。しかし、人々の食生活が変化し、豚肉や牛肉・牛乳・卵などの消費量が多くなったので、畜産業が盛んになってきました。

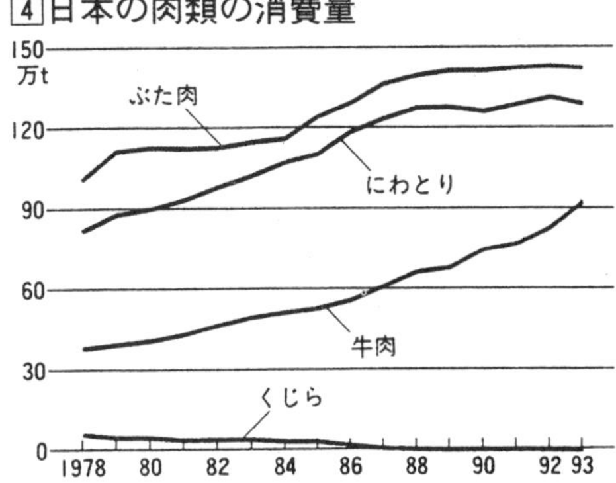

4 日本の肉類の消費量

日本では、国土がせまく、牧場や牧草地が少ないので、家畜の飼料を海外から輸入しなければなりません。また、1991年から牛肉の輸入が自由化され、安い牛肉が売られるようになりました。

このような中で、日本の畜産農家はいろいろな研究や工夫をしています。たとえば、日本の気候にあった牧草の研究や、子豚を丈夫に育てるための人工乳の研究などです。また、数軒の農家の乳牛を1つの所に集めて共同で飼育したり、1軒で数百頭の牛を飼う多頭飼育も行われはじめています。養鶏は、えさや水を機械でやる自動設備のある大きなにわとり小屋で飼う大量飼育が普及しています。

このように日本の畜産業は、家畜の生産にかかるお金を安くして経営をよくするために大規模畜産に移行しています。しかし、大規模化することができない小規模家畜農家は、高齢化や労働力不足でどんどん減っています。

5 おもな国の肉と魚の消費量の比かく（国連しらべ）
（1988年、日本は1993年、1人1日あたり）

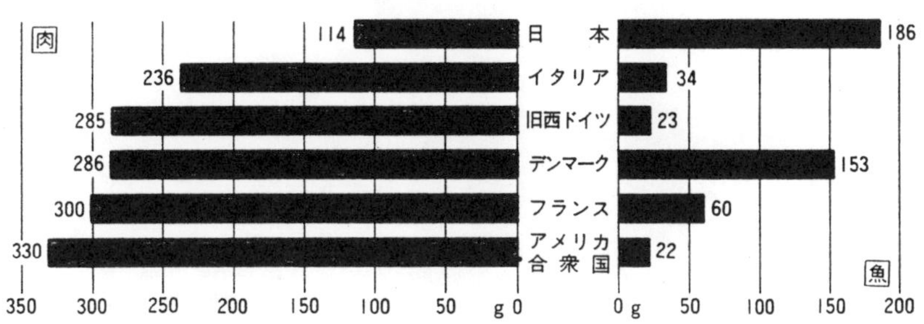

23. 日本の水産業

日本列島は、4つの主な島とたくさんの小さい島からできていますから、海岸線は大へん複雑です。とくに、太平洋側の海岸は半島や湾が多く、中でも東北地方の三陸海岸は景色のいいところです。また、瀬戸内海は、静かな海にたくさんの島が浮かぶ美しい海です。

これに対して、日本海側は、海岸の出入りがあまりなく、新潟県や鳥取県には広い砂丘があります。これは、川の上 流から運ばれてきた土砂が、海からふいてくる風で岸へふき上げられてできたものです。

日本のまわりには、暖 流と寒流が流れています。暖流は、太平洋を南から北へ流れる暖かい海水の流れで、海の色が青黒く見えるので、黒潮とよばれています。カツオやマグロは、この黒潮に乗って日本の近海へ来ます。寒流は、北の方から流れて来る冷たい海水の流れです。この海水は栄養に富んでいて魚類や海藻類をよく育てるので、親潮とよばれています。親潮に乗ってニシンやサケが日本の近海へ来ます。黒潮と親潮が交わる三陸沖は、暖流と寒流の魚がたくさんとれるいい漁 場です。

日本の西南の大陸との間にある海は、深さが200メートル以下のところが多い浅い海で、ここも魚がたくさんとれるいい漁場です。

瀬戸内海

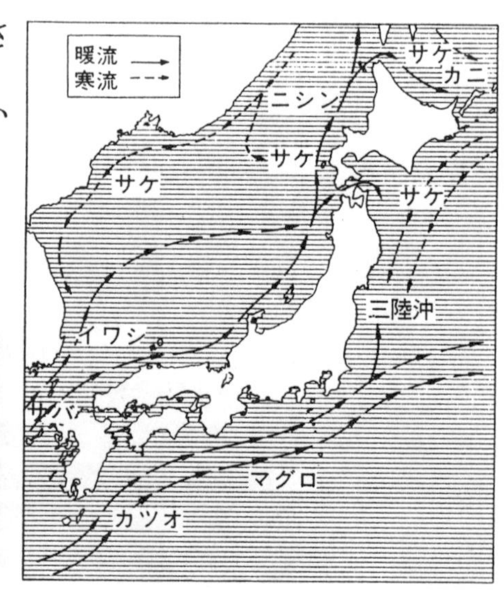

海流とさかな

海に囲まれた日本では、人々は魚がすきで、たくさん食べてきました。それで、漁獲量はたいへん多いです。そのうえ、外国からもたくさんの水産物を輸入しています。

日本人は、魚をそのまま食べるだけでなく、かまぼこ・ちくわ・かつおぶしなどに加工したり、鶏や豚の餌にしたり、肥料にしたり、せっけんの製造にも使い、いろいろに利用しています。

漁業にはいろいろの規模のものがあります。海岸の近くで魚をとる日帰りの小規模な漁業、これを沿岸漁業といい、5～30トンの船で40キロぐらいまでの沖で漁をする漁業を沖合い漁業、大型船の母船と数隻の子舟とが船団をつくって、遠くの海へ行き、数か月もつづけて漁をするものを遠洋漁業といいます。遠洋漁業の母船には、とった魚を保存するための冷凍設備や、魚をかんづめなどに加工する設備もあります。

日本の漁業の大部分は、小さい船で家族だけで漁をする沿岸漁業です。このような漁業は漁獲量が少なく、漁業だけでは生活がむずかしいので、農業などを兼業している人が多いです。また、最近は、魚のとりすぎや海のよごれで、魚が少なくなってきたことや、漁船の燃料費などが高くなったことなどで、漁業をつづけるのがむずかしくなり、ほかの仕事に移る人も多くなっています。

5 世界の漁かく量（たん位　万ｔ）

	1985	1993
中　国	678	1 757
ペルー	414	845
日　本	1 141	813
チ　リ	480	604
アメリカ合衆国	495	594
ロシア	…	446
インド	283	432
インドネシア	234	364
タ　イ	223	335
韓　国	265	265
ノルウェー	212	256
世界合計	**8 634**	**10 142**

国連しらべ。くじらをのぞく。

8 漁業ではたらく人

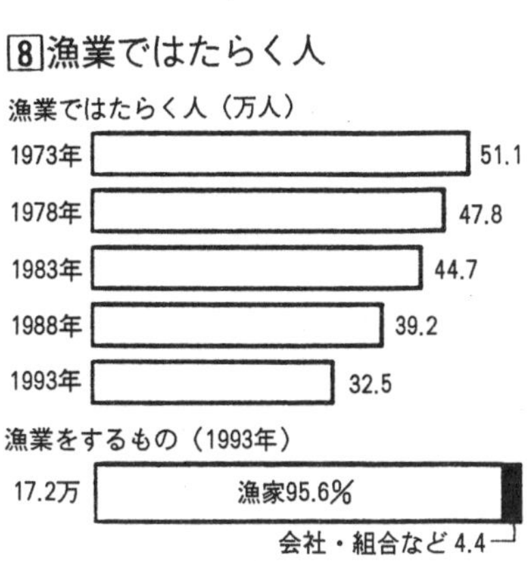

24. 水産業の変化

近代的な漁業では、魚をたくさんとるために機械を使います。魚群探知機や集魚灯を使って漁をし、また、最近は人工衛星で海水の温度や海流などを調べてコンピューターで魚の大群がいるところを予測する衛星漁業の研究も進んでいます。このように漁業の方法が進歩すると、魚をとりすぎることが問題になります。

近年、水産資源を保護する考えが国際的に広まって、200海里水域の考えが世界的なものになりました。200海里水域というのは、今までその国の海は領海の12海里（3海里という考えもある）と考えられていたのですが、それを200海里までとするというものです。それで、200海里の中では、外国の漁船の漁獲を制限することができますから、もし、200海里水域内で外国の船が漁をしたければ、その国と漁業協定を結んで、多額のお金を払わなければなりません。

1977年に、アメリカ・カナダ・ソ連（ソヴィエト連邦）の3国は、200海里水域を決めました。日本では、以前から北洋でサケ、マスをたくさんとっていましたが、この規制で、北洋で自由に漁のできるところは、米・ソの200海里にはさまれたせまい海域になってしまい、日本の北洋漁業はきびしい状態になりました。

※　魚群探知機　水中に超音波を発射して、音波が魚（魚群）に当たってかえって来るのを受信し、その時間から魚のいるところを知る機械。

※　1海里は1,852メートル200海里は約37キロメートル。

真珠の養殖

日本の西南の大陸との間にある海はたいへんいい漁場ですが、ここは大陸棚です。大陸棚というのは、深さが200メートル以下の大陸とつづいている海です。大陸棚には石油や石炭などの地下資源も多いといわれ、その利用については、それぞれの国の意見が対立していますが、最近はそこに接している国が利用するようになりました。

200海里、大陸棚などの問題もあって、日本の漁業は、とる漁業から育てる漁業に変わっています。魚の養殖は以前から行われていましたが、最近注目されているのが栽培漁業です。栽培漁業というのは、稚魚を海に放して、海の中で大きくしてとるものです。栽培漁業の代表的なのがサケです。サケは、稚魚を川に放流すると、海を回遊して、親の魚になって生まれた川にもどってくる習性があります。北海道では、サケの放流が盛んです。現在、栽培漁業で栽培している魚や貝の種類も多くなりました。また、海上に音を出すものをおいて魚を集め、餌をやる海洋牧場なども盛んになってきました。

水がきれいで暖かく、波も静かな志摩半島の海では、真珠の養殖が盛んです。真珠の養殖は、明治の中ごろ、ここで、御木本幸吉が研究をはじめ、苦心して成功したものです。養殖場では、たいへんいい真珠がとれ、世界各国に輸出されています。

12世界の200カイリ水域

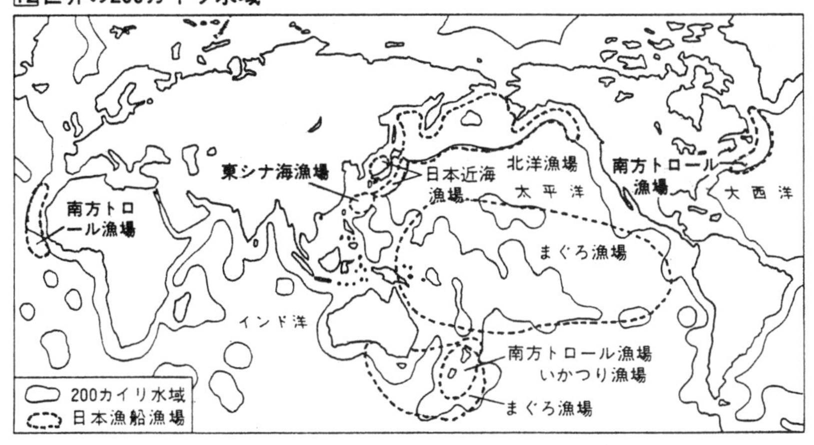

25. 日本の工業

日本の工業は、20世紀になってからはじまった繊維工業から発達しました。戦後は、1950年ごろから急にのびて、1960年にはアメリカに次ぐ生産をあげるようになりました。とくに、石油・石炭・塩などを原料にして化学肥料・プラスチック・薬品などをつくる化学工業、多種類の機械をつくる機械工業、鉱物から鉄・銅・アルミニウムなどの機械の材料をつくる金属工業などが発達しました。

しかし、原料を輸入し、それを加工して輸出する日本の工業は、1970年代の2度の石油ショックで大きな影響をうけました。原油の値上がりで最も影響をうけたのは、製品をつくるのに大量の原油や電力を使う金属工業、セメント産業、原油を原料とする石油化学工業でした。

一方、自動車、電気製品、工作機械などの産業は、いい品物をつくって海外に輸出することで石油ショックの影響をできるだけ少なくし、その後も発展しました。また、鉄鋼業は、エネルギーを節約して鉄をつくる高度の技術があったので、石油ショック後も生産量が高かったのですが、最近、鉄の輸出や国内の需要が減少し、今後も多くなることが期待できないので、エレクトロニクスなどの産業へ進出しはじめています。

工業の分け方	重化学工業			軽工業			
	化学工業	機械工業	金属工業	よう業	繊維工業	食料品工業	その他の工業
おもな製品	薬品 肥料 重油 燈油 ガソリン 洗剤 合成ゴム 化学せんい プラスチック	耕うん機 テレビ 電話機 冷蔵庫 船 自動車 カメラ 時計	鉄・銅など レール 電線 なべ 食器	セメント タイル レンガ 陶磁器 ガラス	綿織物 絹織物 毛織物 毛糸	パン ジャム かんづめ ハム 牛乳 ビール しょう油	たんす えんぴつ 紙 おもちゃ くつ かばん マッチ

工業の種類

日本には、京浜・阪神・中京・北九州の一帯に工場が集まっていて、そこを四大工業地帯といいました。そこは原料を輸入し、製品を輸出する関係から、海のそばにある臨海工業地帯でした。その後、それらの地帯が過密になり、太平洋に面した地帯にたくさんの工場ができました。しかし、製品が重化学工業からエレクトロニクスなどの先端技術産業に移ってきたので、海に面したところに工場をつくる必要がなくなり、神奈川・埼玉・群馬・栃木などの関東内陸の地域に自動車・電気・電子製品などの機械工業の盛んな地域ができました。

※ 石油（オイル）ショック

1973年10月にイスラエルとアラブ諸国の間で起こった第４次中東戦争が原因で石油の値段が急に高くなって、経済界が受けたショック（打撃）。

1974年第１次ショック

1979年第２次ショック

1 重化学工業と軽工業のわりあいの変化

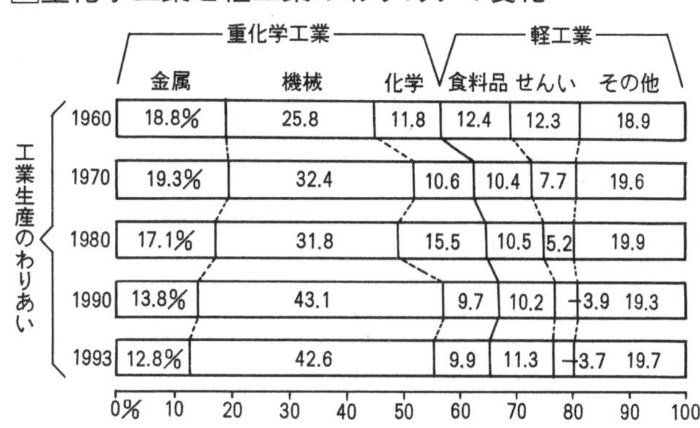

※ エレクトロニクス (electronics)

電子の応用に関する学問や技術電子工学、電子技術など

1 おもな工業地帯と工業地域

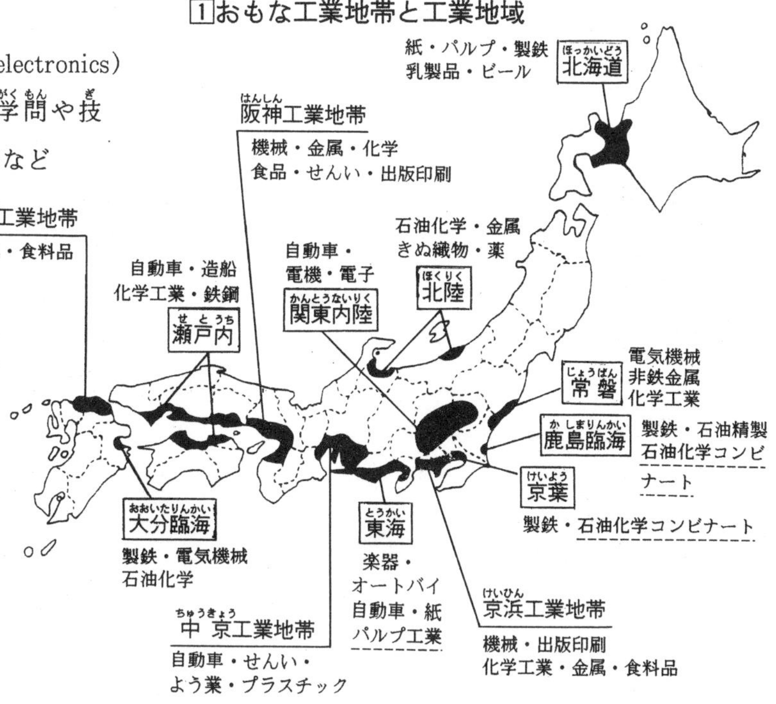

※ パルプ工業

木の幹から取り出したセルローズを紙などの原料にする工業。

※ 石油化学コンビナート

石油化学工業を総合的、効果的にするために、種々の石油化学工場がセンターの石油精製工場の周りに集まって、センター工場からパイプで原料を送ってもらうシステムの工場群。

26. 機械工業(1)

自動車　日本の自動車は、ガソリンの消費量が少ないうえに、故障も少ないので、たいへん人気があります。また、日本のオートバイの生産技術は、世界一だといわれています。それで、日本は世界一の自動車・オートバイの輸出国になりました。しかし、最近は、円高や保護貿易主義の影響で、大量の輸出が困難になってきました。それで、海外に工場をつくって、その国で日本製の自動車をつくる現地生産を進めています。しかし、これによって、いろいろな産業が海外に移り、国内の産業は空洞化が問題になっています。

家庭用電器・半導体　日本の家電産業は、国民の生活水準の向上や輸出によって発展し、大型カラーテレビ・ＶＴＲ（家庭用ビデオテープレコーダー）・電子レンジなど、新しい製品を次々に生み出して成長してきました。現在、日本の電機メーカーは、パソコン・ワープロなどのＯＡ（オフィスオートメーション）関連機器、コンピューター周辺機器（ハードウエア hardware)、集積回路（ＩＣ）などの半導体産業に進展しはじめています。

※　保護貿易主義

自分の国の工業製品を優先し、輸入製品を制限する考え。この考えは1980年ごろから先進工業国で強くなってきた。

※　集積回路ＩＣ (integrated circuit)

半導体のチップの上にダイオード・トランジスタ・抵抗器・コンデンサなどの複数の回路素子を集積したもの。集積の度合により、ＩＣ、ＬＳＩ（大規模集積回路）超ＬＳＩなどと呼ばれる。近代的な産業ではほとんどのものに使われるようになった。

※　産業の空洞化

主な産業が海外生産をするようになると、それにともなって、ある地域で、とくに製造業で力が弱くなること。これは国内の他の産業にも影響していく。

※　半導体 (semiconductor)

金属のように電流が流れやすいものと、硫黄のようにほとんど電流が流れないものとの中間の物質を半導体と呼ぶ。ゲルマニウム、シリコンなどがこれに含まれる。

8 日本の自動車の輸出台数のうごき

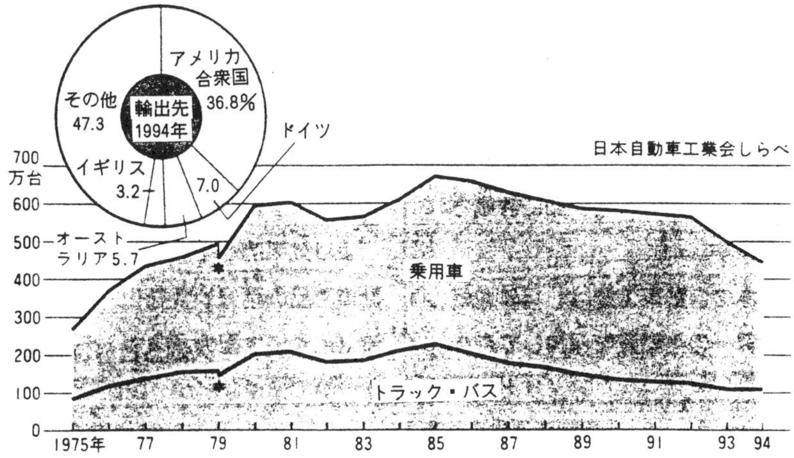

6 日本の自動車の生産高（たん位　万台）

	1960[1]	1970[1]	1980	1990	1993	1994
乗用車	16.5	317.9	703.8	994.8	849.4	780.1
トラック	[2]58.6	[2]207.8	391.3	349.9	268.6	270.4
バス	0.8	4.7	9.2	4.0	4.8	4.9
合計	**76.0**	**530.3**	**1 104.3**	**1 348.7**	**1 122.8**	**1 055.4**

日本自動車工業会しらべ。1)半完成車をふくむ。2)三輪トラックをふくむ。

7 おもな国の自動車生産台数

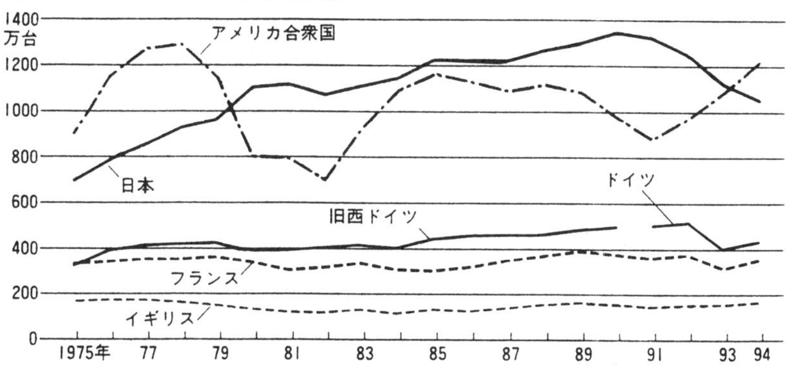

3 おもな機械の輸出高のうごき

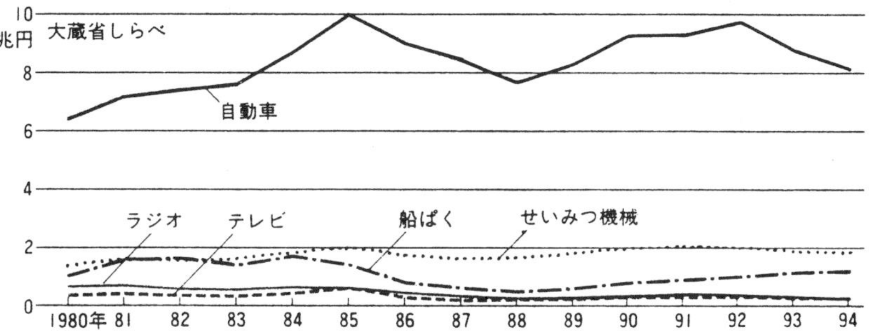

27. 機械工業(2)

コンピューター　近年、コンピューターは科学技術の計算や工場の生産管理だけでなく、社会のあらゆる分野で使われています。現代のような情報化社会では、将来もますますコンピューターの需要は増すでしょう。先進工業国では、コンピューターの開発が盛んです。日本では今までハードウエア（hardware）の開発に重点がおかれていましたが、今後は遅れているソフトウエア（software）分野の開発が注目されています。

※　ハードウエア　コンピューターとその周辺機器のこと。

※　ソフトウエア　ハードウエアを利用するためのプログラムなどの技術全体のこと。

工作機械　工作機械は、機械をつくる機械です。工作機械は工業の基礎になるものですから、よい工作機械があれば、その国の工業全体の水準が上がります。最近日本では数値で制御する方式のNC（numerical control）工作機械の生産、輸出が盛んです。この機械は長い間工場で働いていた熟練工のような仕事をし、精度や品質のよい製品を一定に生産します。そのため工場内の作業の合理化ができ、たいへん人気があります。

産業用ロボット　日本では、産業用ロボットの利用が非常に盛んで、大工場ばかりでなく中小工場でも使っています。今後も労働力不足を補うものとして、産業用ロボットの利用は様々な分野へ拡大するでしょう。

産業用ロボットというのは、人間が腕や手でする仕事をかわりにする機械です。現在の産業用ロボットは、人間のように頭で考える機能はもっていません。しかし、感覚をもったり、自分で考えて行動する知能ロボットも開発されています。また、人間には難しい仕事、例えば危険な仕事や、小さい穴の中でする仕事などをするロボットの研究・開発も進んでいます。日本では産業用ロボットの利用度が世界第１位で、この高い利用度が日本の工業製品の国際競争力を強くしています。

図 25–7　汎用コンピューターと パソコンの国内シェア（1993年）

〔汎用コンピューター〕

設置金額ベース

富士通 25.2%
日本IBM 23.6
日立 17.8
日本電気 17.7
日本ユニシス 10.1
その他 5.6

〔パソコン〕

出荷台数ベース

日本電気 52.7%
アップルコンピューター 12.2
富士通 11.3
日本IBM 8.1
セイコーエプソン 6.7
その他 9.0

※　汎用コンピューター
　いろいろの目的で使うことができるコンピューター。

※　シェア
　市場占有権

図 25–11　産業用ロボットの生産台数と金額

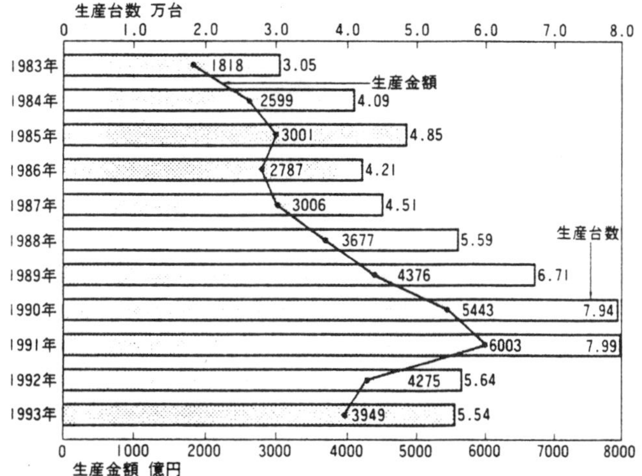

図 25–12　主要国の産業用ロボット設置台数（1993年末現在）

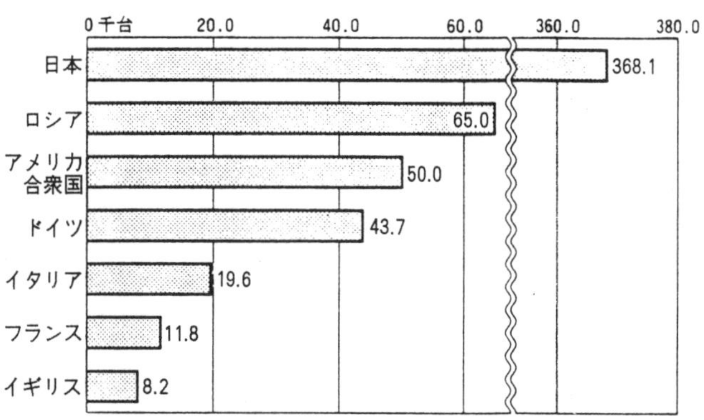

⑫主な工作機械生産国の生産と輸出（1994年）

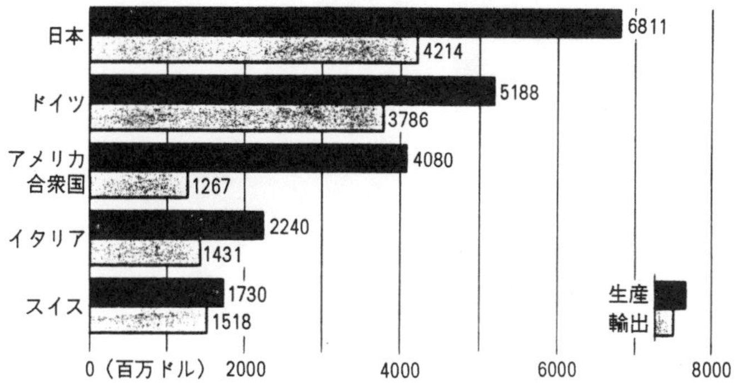

28. 中小工場と大工場

世界の主要工業国では大工場が多いです。しかし、日本では、大工場が少なく、働く人が300人以上の工場でも0.6％で、とくに、9人以下の小工場が、73％もあります。この中小工場は、軽工業や、自動車・電気製品の部品の製造、高級織物や染色、うるし塗りなどの仕事をしています。高級織物や染色、うるし塗りなどの伝統的な産業は高級な技能が必要で、中小工場での生産に適しています。自動車や電気製品の部品は、中小の下請け工場でつくられています。下請け工場というのは、大工場から部品の注文を受けてつくる工場です。下請け工場に対して、大工場のほうを親工場といいます。

日本の自動車や電気機器の大工場は、下請け工場につくらせた部品を組み立てて製品をつくっています。大工場があり、それを中心に、まわりにたくさんの中小工場が集まって、一つの町をつくっているところもあります。そのような町を、企業城下町ともいいます。

うるし塗り

織物

染色

下請け工場は親工場から仕事をもらって製品をつくるのですが、親工場の経営が悪くなると、仕事がもらえなくなります。つまり、親工場は、経営が悪くなると、下請け工場に出す仕事を調整します。ですから、景気が悪いとき、まず影響を受けるのが下請け工場です。また、親工場は、下請け工場に安い値段で製品を注文しますから、下請け工場の労働者の賃金は、親工場の人の場合より安くなります。

しかし、こうした悪い条件でも競争がはげしいので、産業用ロボットを導入したりして、たいへんいい製品をつくる下請け工場も多く、これが、日本の工業の発展をささえる大きな力になっています。

自動車の現地生産では、部品を日本から持って行って海外で組み立てる方法から、海外で部品も作る方法にかわっています。それで、親会社が海外に工場を作ると、関連自動車部品メーカーの工場も海外に作られています。

3大工場と中小工場のわりあい（1993年）

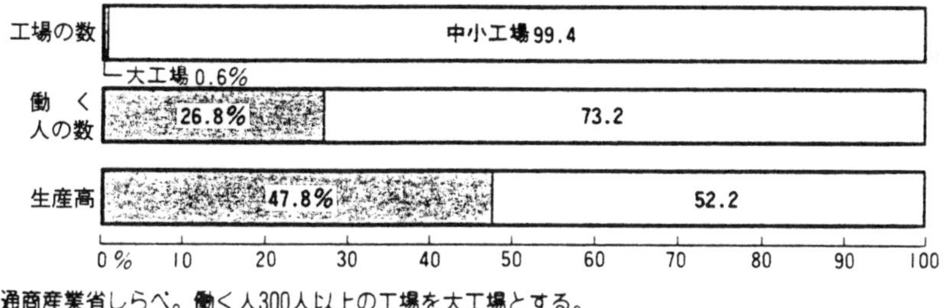

4大・中小工場の１人あたり賃金

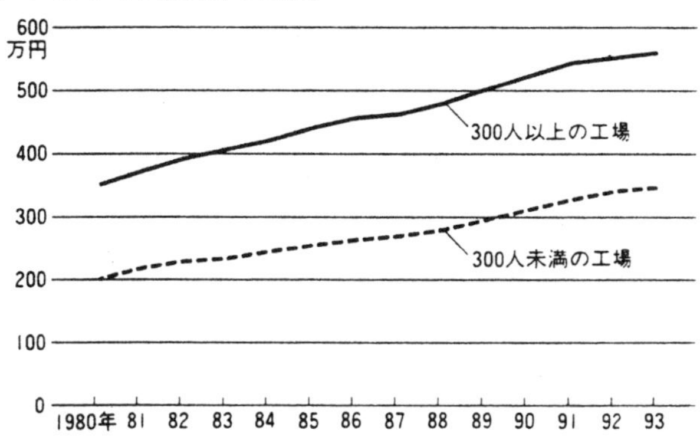

29. 日本の商業

畑で作られた農産物や、工場で作られた工業製品などは、それを生産した側から消費する側に売られます。これを商品の流通といいます。

私たちは店へ行って品物を買いますが、私たちのような一般の人に物を売る店を小売店といいます。小売店には野菜や魚のような生鮮食料品を売る店や、衣料や電気製品のような物を売る店があります。

生鮮食料品の小売業者は、店で売る品物を市場へ行って仕入れ、衣料や電気製品の小売業者は卸屋（問屋）で品物を仕入れます。つまり、衣料や電気製品のような物は、生産者（工場）から卸屋（問屋）へ、卸屋から小売店へ、野菜や魚は生産者から市場へ、市場から小売店へ、そして消費者へと動いてきます。

小売店には、デパートやスーパーマーケット、コンビニエンスストアなどがあります。また、文房具店のようにある品物だけを売る専門店もあります。しかし、最近そういう店は少なくなってきました。

日本では、商品の値段は、商品がどのぐらい市場に出ているか、つまり供給されているか、そして、その商品を消費者がどのくらい買いたがっているかという需要と供給の関係でたいてい自由に決めます。

しかし、人々の生活に関係が深いものには、自由に決めることができないものもあります。例えば、郵便料金は国会が、政府が売買する米の値段、国立学校の授業料は政府が、水道料金や公立学校の授業料は地方公共団体が決めます。また、電気、電車・バスなど

5 商品のねだんのきまりかた

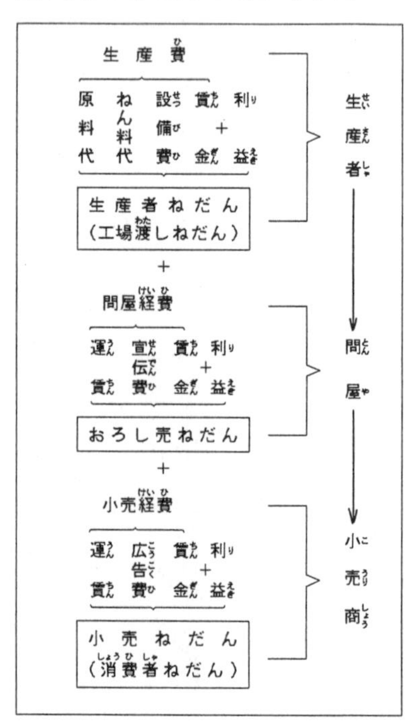

の料金、電話・たばこの値段などは業者が申請し、政府が認可して決めます。このように国会や政府によって値段が決められるものを公共料金といいます。

人口が過密な大都市では、住宅の値段（住居費）が人々の生活に大きな影響をあたえています。住宅には公共住宅（公団・公営・公社）と民間住宅があり、自分の家をもたない人はそれらを借りますが、公共住宅の数は十分ではありません。公共住宅は家賃を政府が決めるので、比較的安いですが、大都市で満足できるような民間の住宅はたいへん高いです。それで、大都市のサラリーマンは、比較的安く借りたり買ったりできる都心から遠く離れた所にマイホームを持つ傾向になっています。

4 住宅の数

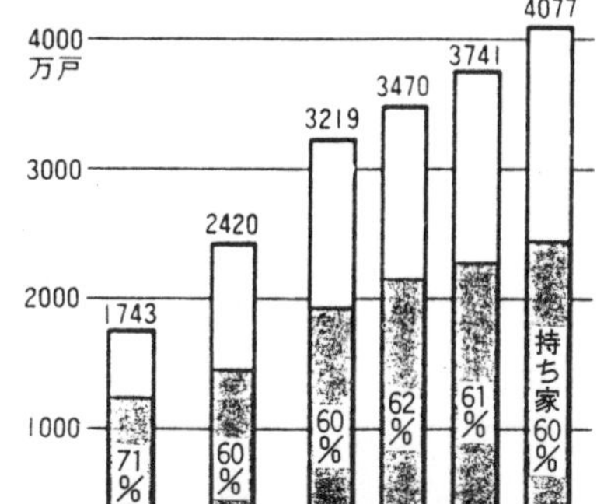

総務庁統計局しらべ。持ち家は、一戸建て、共同住宅（公団・マンション）など。

公営住宅	地方公共団体が主に収入の少ない人を対象に建てた住宅。
公社住宅	地方公共団体がお金を出して作った地方住宅供給公社が建てた住宅。
公団住宅	政府が作った日本住宅公団が建てた家。建設場所は大都市中心。

デパート	百貨店。あらゆる種類の商品を消費者に売る。都会の交通の便利なところにあって、建物も設備も大きくてよい。大資本が経営している。
スーパー・マーケット	食料品などを中心に、現金、セルフサービス。大量に安く売ることが原則の店。スーパー。
コンビニエンス・ストア	小型スーパー。住宅地に近いところにあって、消費者がすぐ買えて便利なようにある店。品物は生活に必要なものが中心。24時間営業の店もある。

V. 日本の交通

30. 日本の交通

日本では、道路や鉄道には海岸に沿って走る線と日本列島を横切って走る線とがあります。海上交通には、瀬戸内海航路や沿岸航路があり、これらは古くから発達していました。

鉄道には国鉄（日本国有鉄道）と私鉄（民営鉄道）がありましたが、今、国鉄はありません。1987年に民営化されてＪＲ（Japan Railway company）になりました。1872年（明治５年）に新橋と横浜の間に初めて汽車が走ってから、100年の間に組織が大きくなりすぎて経営状態が悪化し、６つの旅客と貨物の会社に分割されたのでＪＲになったのです。

1964年に開通した東海道新幹線は、時速260キロのスピードで、東京・大阪間を２時間30分で走っています。その後、東海道新幹線は、九州の博多まで行く山陽新幹線と接続しました。また、東北新幹線が盛岡まで、上越新幹線が新潟まで開通しました。

九州、北海道、四国への交通は、1944年に関門トンネルが、1988年に青函トンネルと本四架橋の１つ瀬戸大橋がそれぞれ開通し、鉄道で行けるようになりました。

高速道路は、1958年に名神高速道路の建設がはじまってから、だんだん東名、中央などができ、1987年には、北は青森から南は熊本まで、約3,000キロが高速道路で結ばれました。しかし、一般道路の整備は自動車の普及に比べるとおくれています。

日本では鉄道が交通機関の中心でしたが、自動車の生産が進み、今は、貨物の輸送には鉄道を使うことが少なくなりました。しかし、旅客には鉄道を利用する人が今も多いです。

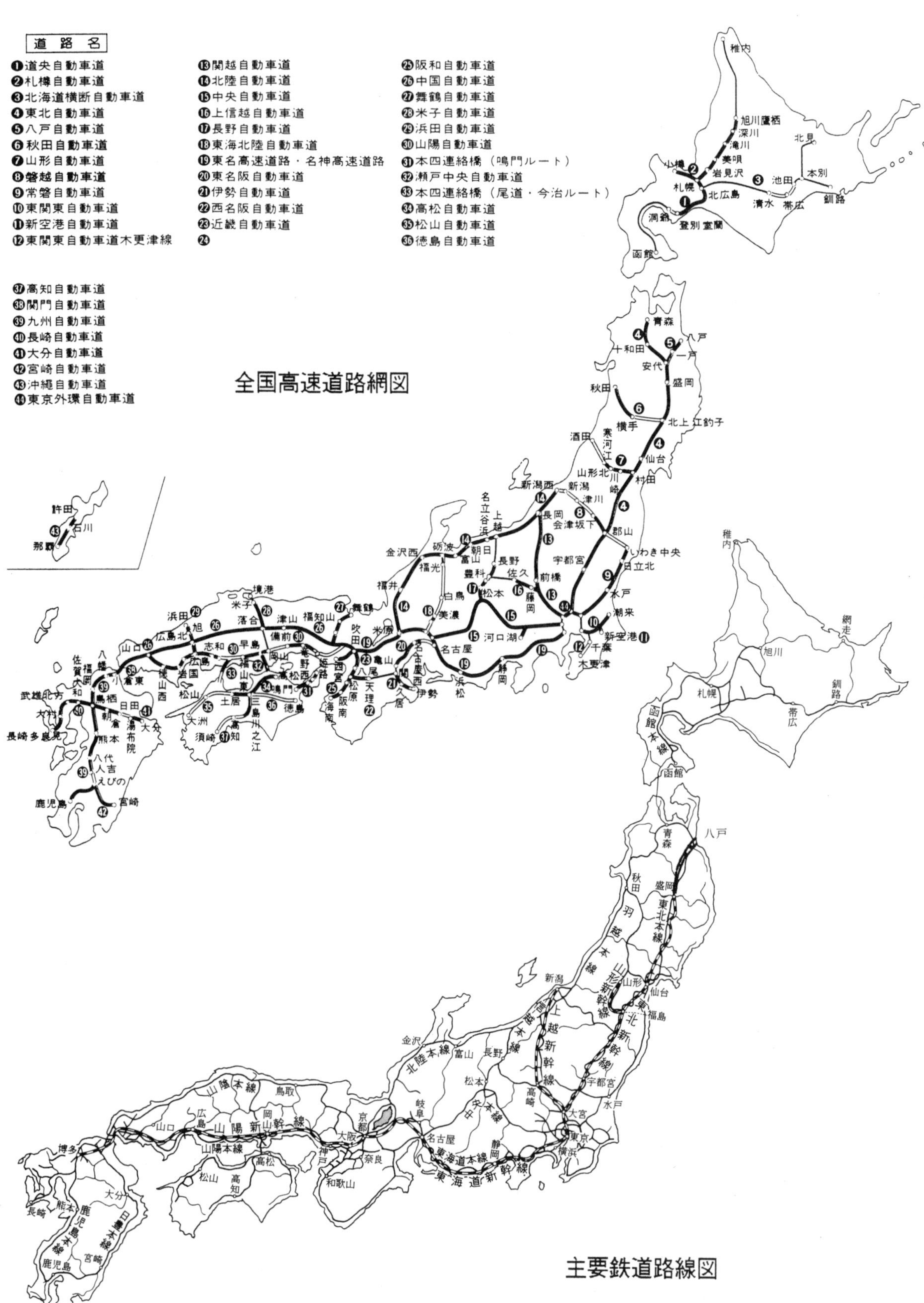
道路名
❶道央自動車道
❷札樽自動車道
❸北海道横断自動車道
❹東北自動車道
❺八戸自動車道
❻秋田自動車道
❼山形自動車道
❽磐越自動車道
❾常磐自動車道
❿東関東自動車道
⓫新空港自動車道
⓬東関東自動車道木更津線
⓭関越自動車道
⓮北陸自動車道
⓯中央自動車道
⓰上信越自動車道
⓱長野自動車道
⓲東海北陸自動車道
⓳東名高速道路・名神高速道路
⓴東名阪自動車道
㉑伊勢自動車道
㉒西名阪自動車道
㉓近畿自動車道
㉔
㉕阪和自動車道
㉖中国自動車道
㉗舞鶴自動車道
㉘米子自動車道
㉙浜田自動車道
㉚山陽自動車道
㉛本四連絡橋（鳴門ルート）
㉜瀬戸中央自動車道
㉝本四連絡橋（尾道・今治ルート）
㉞高松自動車道
㉟松山自動車道
㊱徳島自動車道
㊲高知自動車道
㊳関門自動車道
㊴九州自動車道
㊵長崎自動車道
㊶大分自動車道
㊷宮崎自動車道
㊸沖縄自動車道
㊹東京外環自動車道
全国高速道路網図
主要鉄道路線図

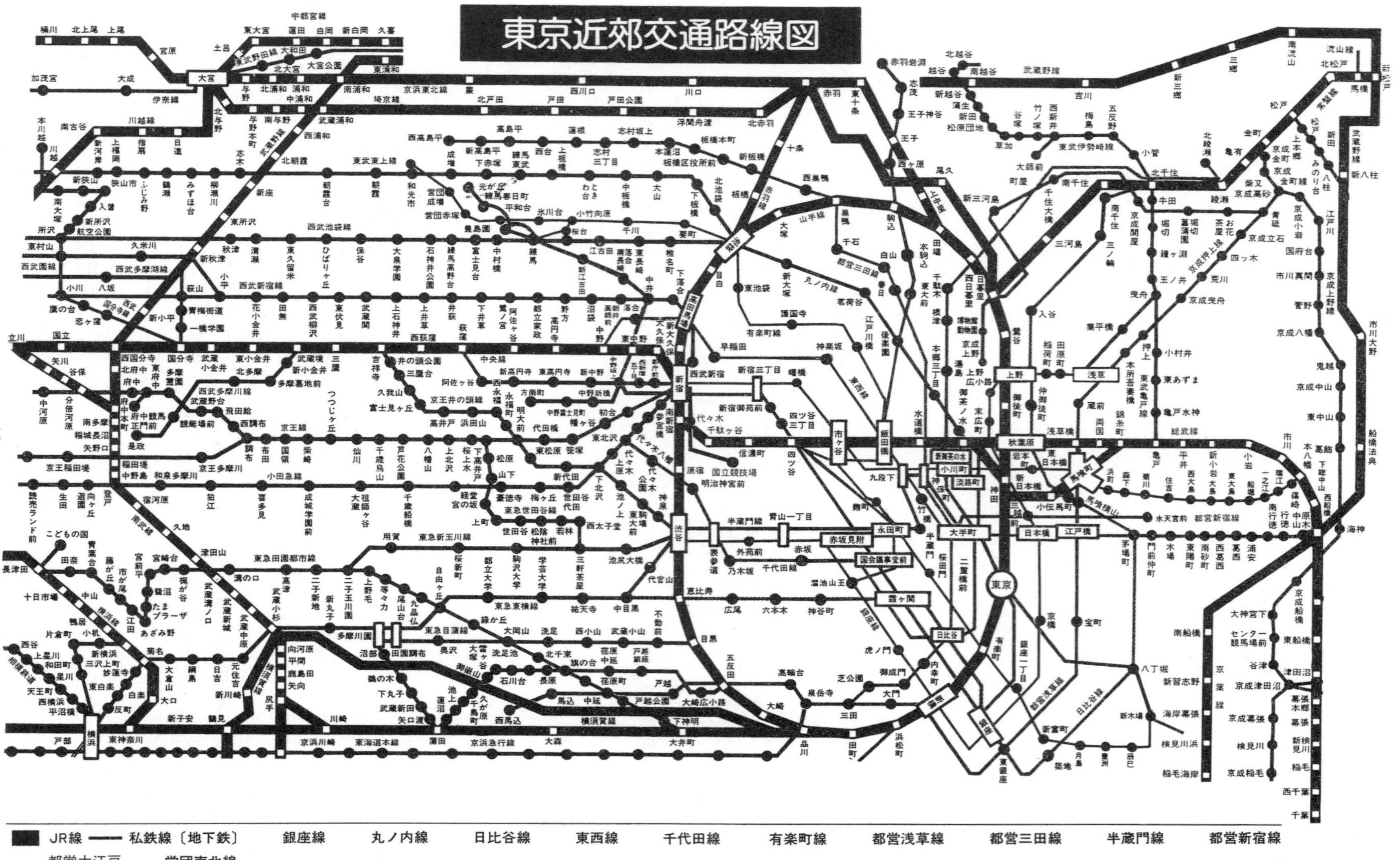
東京近郊交通路線図
JR線
私鉄線〔地下鉄〕
銀座線
丸ノ内線
日比谷線
東西線
千代田線
有楽町線
都営浅草線
都営三田線
半蔵門線
都営新宿線
都営大江戸
営団南北線

語　彙　索　引

あ

い

う

え

お

か

き

く

け

こ

さ

し

す

せ

そ

た

ち

つ

て

と

な

に

ね

の

は

ひ

ふ

ゆ

よ

ら

り

れ

ろ

わ

日本的地理與社會

練習簿

鴻儒堂

【1】 日本の位置

1．つぎの漢字の読み方をひらがなで書きなさい。

(　　　　)　(　　　　)　(　　　　)　(　　　　)　(　　　　)

a. 島国　b. アジア大陸　c. 東　d. 南西　e. 北海道

(　　　　)　(　　　　)　(　　　　)　(　　　　)　(　　　　)　(　　　　)

f. 本州　g. 四国　h. 九州　i. 南　j. 北　k. 太平洋

(　　　　)　(　　　　)　(　　　　)　(　　　　)　(　　　　)　(　　　　)

l. 沖縄　m. 日本海　n. 東シナ海　o. オホーツク海　p. 人口

2．地図の（　　）の中に島や海の名前を

ひらがなで書きなさい。

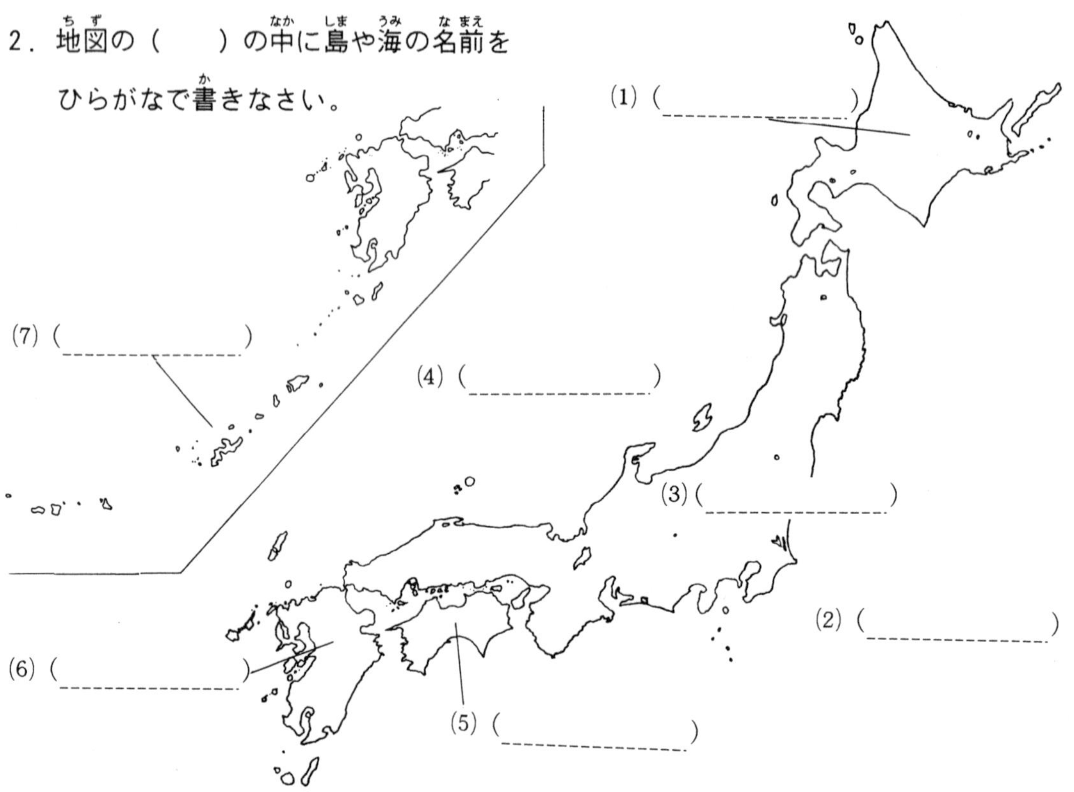

3．つぎの質問に答えなさい。

1．日本海はどこにありますか。

2．日本は、アジア大陸の東にありますか、西にありますか。

3．東シナ海は、日本海の南にありますか、北にありますか。

4．オホーツク海は、日本海の南にありますか、北にありますか。

5．太平洋は日本の東にありますか、北にありますか。

6．沖縄はどこにありますか。

7．日本の人口は、どのぐらいですか。

8．あなたの国の人口は、どのぐらいですか。

9．日本のひろさは、どのぐらいですか。

10．あなたの国は島国ですか。

4．右の表を見て、質問に答えなさい。

主な島のひろさ（面積）

北海道	78073㎢
本州	227414㎢
四国	18256㎢
九州	36554㎢
沖縄島	1185㎢

1．日本でいちばん大きい島はどこですか。

2．日本で2番目に大きい島はどこですか。

3．四国は九州の半分ぐらいの大きさですか。

4．本州の3分の1ぐらいの大きさの島はどれですか。

5．沖縄島は本州のなん分の1ぐらいですか。

【2】大 都 市

1．次の質問に答えなさい。

1．日本には人口100万人以上の都市がいくつありますか。

2．日本で２番目に大きい都市はどこですか。

3．日本で３番目に大きい都市はどこで、人口はどのぐらいですか。

4．名古屋の人口はどのぐらいですか。

5．札幌はどこにありますか。

6．札幌の人口はどのぐらいですか。

7．九州の人口100万以上の都市はどこですか。

8．京都の人口はどのぐらいですか。

9．世界でいちばん大きい都市はどこですか。

10．世界で２番目に大きい都市はどこですか。

11．東京は世界でなん番目に大きい都市ですか。

12．東京の人口はどのぐらいですか。

2．つぎの漢字の読み方をひらがなで書きなさい。

(　　　) (　　　) (　　　)

a. 札幌　b. 東京　c. 横浜

(　　　) (　　　) (　　　)

d. 神戸　e. 川崎　f. 名古屋

(　　　) (　　　) (　　　)

g. 大阪　h. 京都　i. 広島

(　　　) (　　　)

j. 福岡

市	人口 (万人)
東京(23 区)	808
さいたま市	103
横浜市	346
川崎市	125
札幌市	183
名古屋市	211
大阪府	249
京都府	138
神戸市	148
広島市	111
福岡市	131

(2003 年)

3．右の地図の（　）の中に都市の名前をひらがなで書きなさい。

10 世界の大都市（郊外をふくむ）

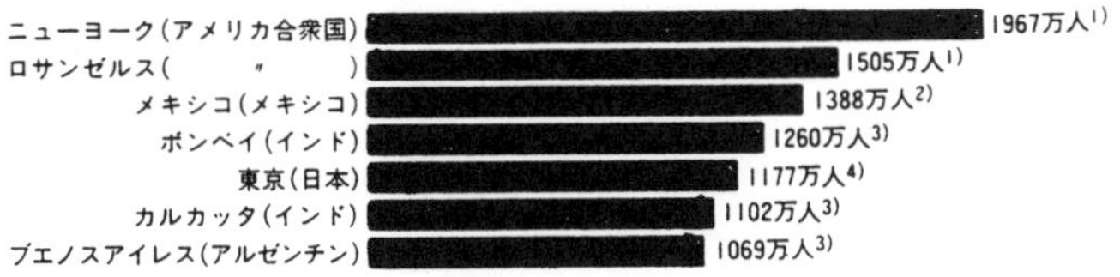

ニューヨーク(アメリカ合衆国)	1967万人[1)]
ロサンゼルス(　〃　)	1505万人[1)]
メキシコ(メキシコ)	1388万人[2)]
ボンベイ(インド)	1260万人[3)]
東京(日本)	1177万人[4)]
カルカッタ(インド)	1102万人[3)]
ブエノスアイレス(アルゼンチン)	1069万人[3)]

国連しらべ。1) 1992年。2) 1980年。3) 1991年。4) 1994年。

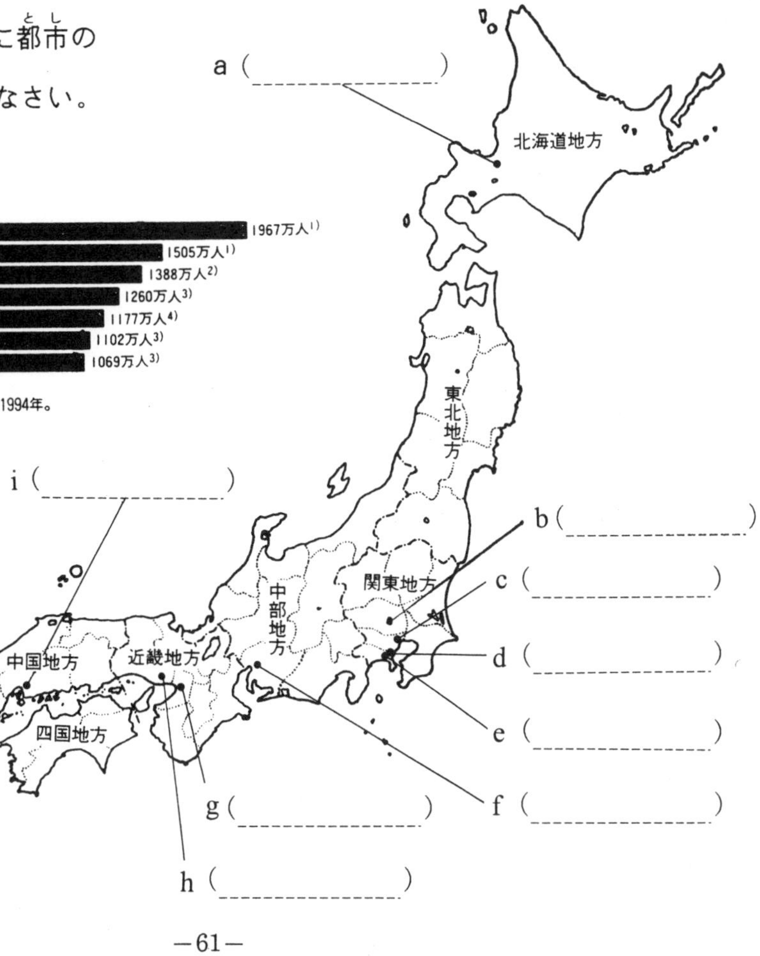

a (　　　　　)

北海道地方

東北地方

b (　　　　　)

関東地方

c (　　　　　)

中部地方

d (　　　　　)

i (　　　　　)

j (　　　　　)

中国地方

近畿地方

四国地方

九州地方

e (　　　　　)

f (　　　　　)

g (　　　　　)

h (　　　　　)

【3】 都道府県と9地方

1．つぎの質問に答えなさい。

1．日本でいちばん北の地方はなに地方ですか。

2．本州でいちばん北の地方はなに地方ですか。

3．日本のいちばん南の地方はなに地方ですか。

4．東北地方には県がいくつありますか。

5．中部地方には県がいくつありますか。

6．大阪府はなに地方にありますか。

7．四国地方には県がいくつありますか。

8．東京や横浜はなに地方にありますか。

9．名古屋市はなに地方にありますか。

10．広島市はなに地方にありますか。

2．本文３ページの県の名前を読んでみましょう。「なら」は二つの音です。
日本には二音の県がいくつありますか。

3．つぎの地図の県の名前の書いてないところに県の名前をひらがなで書きなさい。

【4】人口密度

1．次の質問に答えなさい。

1．日本全体の人口密度は何人ですか。

2．日本でいちばん人口密度が高いのはどこですか。

3．日本で2ばんめに人口密度が高いのはどこですか。

4．日本でいちばん人口密度が低いのはどこですか。

5．日本で人口密度が100人以上、120人以下のところは何県ですか。

6．人口密度が高すぎるところを何といいますか。

7．人口密度が低すぎるところをなんといいますか。

2．右の地図の県の名前が書いてある所に人口密度を書きなさい。

【5】高齢化

1. 次の質問に答えなさい。

1. 日本では1920年から70年の間に人口が何倍になりましたか。

2. 日本では1985年から1990年の間に人口が何パーセント増加しましたか。

3. 予測では、2010年に日本の65歳以上の人は人口の何パーセントになりますか。

4. 1993年に日本の女の人の平均寿命は何歳でしたか。

5. 1993年に日本の男の人の平均寿命は何歳でしたか。

(本文５ページの表を見てください。)

6. 今、日本では65歳以上の人は人口の何パーセントですか。

7. 1960年ごろ、65歳以上の人は人口の何パーセントでしたか。

8. 今、14歳以下の人は人口の何パーセントですか。

9. 1960年ごろ、14歳以下の人は人口の何パーセントでしたか。

10. 世界で65歳以上の人のパーセントが一番多い国はどこですか。

11. 中国の女の人の平均寿命は何歳ですか。

12. インドでは、女の人の平均寿命は何歳ですか。

【6】首都圏

1．次の質問に答えなさい。

1．東京の人口はどのぐらいですか。

2．東京には区がいくつありますか。

3．さいたま市は何県にありますか。

4．横浜市や川崎市は何県にありますか。

5．首都とそのまわりのところをなんといいますか。

6．毎日、学校へ行くことをなんといいますか。

7．あなたの家からここまでどのぐらいかかりますか。

8．千代田区では、昼間の人口は夜の人口のなん倍になりますか。

9．大都市では若い人ととしよりでは どっちが多いですか。

2．次の表を見て［ ］の中から適当なものを選んで正しい文にしなさい。

県名	昼人口（千人）	人口（千人）	その差（千人）
群馬	1961	1963	－4
埼玉	5425	6388	－963
千葉	4762	5538	－776
神奈川	7110	7955	－845
東京	14483	11762	＋2721

（1990年）

1．外へ働きに行く人より働きに来る人が多いのは［東京都・埼玉県・神奈川県・千葉県］です。

2．［東京都・埼玉県・群馬県・千葉県］では、ほかの県へ通勤する人はあまり多くないです。

3．関東地方で、東京に通勤・通学する人がいちばん多いのは［千葉県・埼玉県・神奈川県］です。

3．次の表を見て、質問に答えなさい。

区　　名	人口（千人）	面積（ha）	区　　名	人口（千人）	面積（ha）
千代田（ちよだ）	43,586	11.64	渋　谷（しぶや）	196,998	15.11
中　央（ちゅうおう）	74,548	10.15	中　野（なかの）	312,269	15.59
港（みなと）	163,294	20.31	杉　並（すぎなみ）	520,310	34.02
新　宿（しんじゅく）	290,051	18.23	豊　島（としま）	255,579	13.01
文　京（ぶんきょう）	176,289	11.31	北（きた）	347,085	20.59
台　東（たいとう）	164,058	10.08	荒　川（あらかわ）	184,105	10.20
墨　田（すみだ）	224,789	13.75	板　橋（いたばし）	515,329	32.17
江　東（こうとう）	379,587	39.10	練　馬（ねりま）	632,829	48.16
品　川（しながわ）	332,506	22.69	足　立（あだち）	644,870	53.15
目　黒（めぐろ）	244,613	14.70	葛　飾（かつしか）	432,128	34.84
大　田（おおた）	652,765	56.29	江戸川（えどがわ）	592,738	49.75
世田谷（せたがや）	778,091	58.08		（朝日年鑑	1994年）

1．東京23区の中で人口がいちばん少ないのはなに区ですか。

2．東京23区の中で人口がいちばん多いのはなに区ですか。

3．世田谷区の人口は中央区のなん倍ぐらいですか。

4．東京の23区の中で人口密度がいちばん低いのはなに区ですか。

5．台東区の人口密度は中央区の人口密度のなん倍ぐらいですか。

4．区の名前をひらがなで書きなさい。

a.	m.
b.	n.
c.	o.
d.	p.
e.	q.
f.	r.
g.	s.
h.	t.
i.	u.
j.	v.
k.	w.
l.	

【7】四　季

1．次の質問に答えなさい。

1．沖縄や九州の南では、冬寒くなりますか。

2．日本では、春は何月から何月までですか。

3．東京では桜の花はいつごろさきますか。

4．日本では、昼間の時間が長いのは夏ですか冬ですか。

5．冬のいちばん昼間の短いとき、日は何時ごろでますか。

6．国民の休日がないのは何月ですか。

7．日本では国民の休日が何日ありますか。

2．次の表を見て、質問に答えなさい。

	札幌	東京	鹿児島
1月	−4.9	4.7	7.0(℃)
2月	−4.2	5.4	8.2
3月	−0.4	8.4	11.2
4月	6.2	13.9	16.1
5月	12.0	18.4	19.8
6月	15.9	21.5	23.0
7月	20.2	25.2	27.2
8月	21.3	26.7	27.7
9月	16.9	22.9	24.9
10月	10.6	17.3	19.6
11月	4.0	12.3	14.3
12月	−1.5	7.4	9.2

札幌・東京・鹿児島の気温
(1951年～1980年までの平均)
(「理科年表」1991による)

1．札幌の1月の平均気温は何度ですか。

2．東京の1月の平均気温は何度ですか。

3．札幌と鹿児島では、1月には気温が何度ぐらいちがいますか。

4．札幌では、平均気温がマイナスの月が何か月ありますか。

5．桜の花は何度ぐらいのときさきますか。

3．次の表を見て、質問に答えなさい。

1．千葉で日の出がいちばん早いのはいつごろですか。

2．そのころ、千葉の日の出は何時ですか。

3．札幌で日の出がいちばん早いのはいつごろですか。

4．そのころ、札幌では何時に日が出ますか。

5．6月20日の那覇の日の出と日の入りの時間を言って下さい。

各地の日の出入

月日	那覇（なは）		鹿児島（かごしま）		千葉（ちば）		札幌（さっぽろ）	
	日出	日入	日出	日入	日出	日入	日出	日入
	h　m	h　m	h　m	h　m	h　m	h　m	h　m	h　m
3．12	6：42	18：37	6：32	18：24	5：55	17：44	5：53	17：32
22	6：32	18：41	6：20	18：30	5：41	17：53	5：35	17：49
5．31	5：37	19：17	5：14	19：17	4：26	18：49	3：59	19：6
6．10	5：36	19：21	5：12	19：22	4：23	18：55	3：55	19：13
20	5：37	19：24	5：13	19：26	4：24	18：58	3：55	19：17
30	5：40	19：26	5：16	19：27	4：27	18：59	3：58	19：18
7．10	5：44	19：25	5：20	19：26	4：32	18：58	4：4	19：15
9．18	6：1	18：31	6：3	18：20	5：24	17：43	5：17	17：40
28	6：20	18：20	6：9	18：7	5：32	17：28	5：28	17：22
12．7	7：4	17：38	7：4	17：14	6：35	16：26	6：52	16：0
17	7：10	17：41	7：11	17：17	6：43	16：28	7：0	16：1
27	7：15	17：46	7：16	17：22	6：48	16：33	7：5	16：6
1．6	7：18	17：51	7：18	17：29	6：50	16：41	7：6	16：15

『理科年表』

6．札幌では、12月27日ごろの昼間の時間は何時間ぐらいですか。

7．札幌では、6月20日ごろの昼間の時間は何時間ぐらいですか。

8．那覇では、12月27日ごろの昼間の時間は何時間ぐらいですか。

9．那覇では、6月20日ごろの昼間の時間は何時間ぐらいですか。

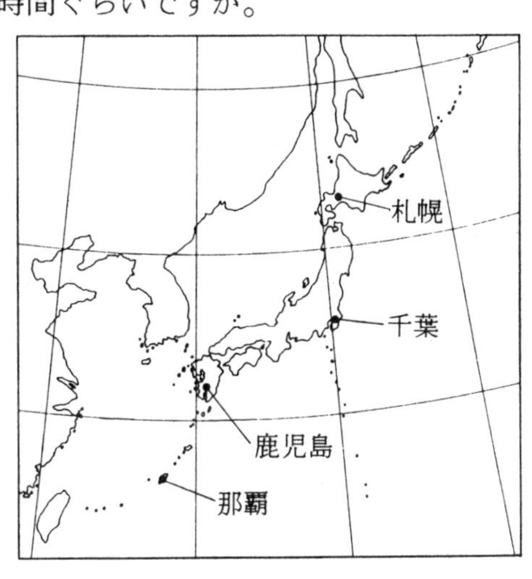

【8】季節風

1．次の質問に答えなさい。

1．毎年同じ季節に吹く風をなんと言いますか。

2．日本では夏の季節風はどちらから吹きますか。

3．日本では冬の季節風はどちらから吹きますか。

4．冬、日本海がわで雪がたくさん降るのは、北西の季節風が吹いてくるからですか。

5．夏、太平洋がわで雨がたくさん降るのは、南東の季節風が吹いてくるからですか。

6．日本では、日本海がわと太平洋がわでは気候がちがうのはなぜですか。

7．日本海がわで雪がふるときは、太平洋がわでは、晴れた日がつづくのはなぜですか。

8．季節風の影響をあまりうけないのはどの地方ですか。

9．高田では、雪が何メートルぐらい降ったことがありますか。

（本文の9ページの表を見て答えてください。）

10．東京でいちばんたくさん雪が降ったのはいつですか。

11．東京と大阪ではどちらがたくさん雪が降りますか。

2．次は、札幌、松本、高松、福井、横浜、那覇の気温と降水量（雨や雪が降る量）のグラフです。このグラフを見て［　　　］の中に適当な地名を入れなさい。

1．［　　　］の気候は、一年で6月と9月に雨が多いですが、あまり降水量は多くないです。気温も1年じゅう0度以下にはなりません。

2．［　　　］の気候は、1・2月に気温が0度以下に下がります。9月や6月にも雨が降りますが、一年じゅうあまり雨が多くないです。

3．［　　　］の気候は、12月や1・2月は気温が0度以下に下がります。8月・9月に雨が多いが、6月にはあまり降りません。一年じゅう降水量が少ないです。

4．［　　　］の気候は、6月と9月・10月に雨が多いです。気温は1年じゅう0度以下にはなりません。

5．［　　　］の気候は平均気温はマイナスにはなりません。降水量は夏にも多いが、12月と1月に多いです。

6．［　　　］の気候は、5・6・8月は降水量が多いです。一年じゅう15度以上の気温です。

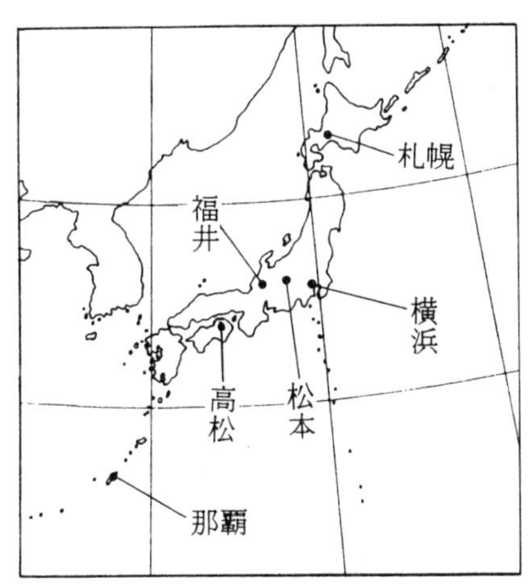

3 日本各地の気温と降水量（月平均）（1961年から90年までの平均値）

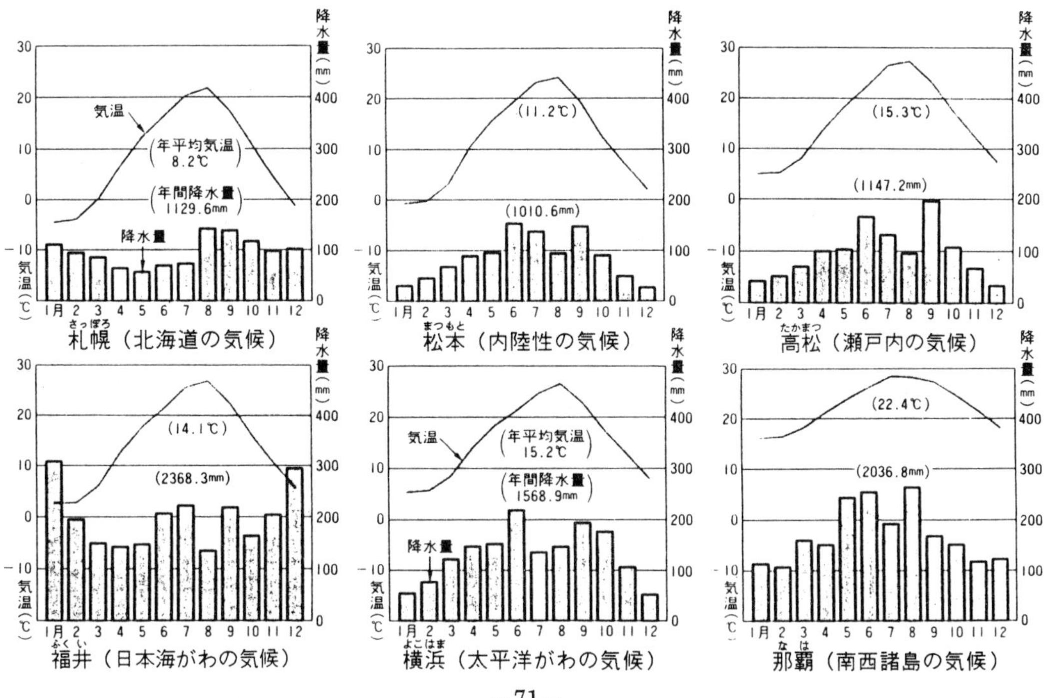

【９】つ　　ゆ

１．次の質問に答えなさい。

1. アジアで、毎年６月の半ばから７月の半ばごろまで雨季になるのはどの地域ですか。
2. 日本では雨季のことを何といいますか。
3. あなたの国でも雨季がありますか。
4. 梅雨の時には、どんな天気が続きますか。
5. 梅雨のときにあまり雨が降らない年もありますか。
6. 雨が降らない梅雨のことを何と言いますか。
7. 梅雨の雨は西日本と東日本ではどちらがたくさん降りますか。
8. 北海道でも梅雨になりますか。
9. 梅雨には、毎年同じように雨が降りますか。
10. 梅雨はどこでも同じ時にはじまりますか。
11. 短い時間に、せまい地域に（ある所にだけ）雨がたくさん降ることを何といいますか。
12. 集中豪雨はたいていいつごろおこりますか。

2．本文の10ページの表を見て、次の質問に答えなさい。

1．梅雨がいちばん早くはじまるのはどこですか。

2．梅雨がいちばんおそくはじまるのはどこですか。

3．梅雨は北と南ではどちらが早くはじまりますか。

4．梅雨はだいたい何週間ぐらいつづきますか。

5．梅雨がいちばん早くおわるのはどこですか。

6．つゆになることを「梅雨入り」といいます。では、つゆがおわることをなんといいますか。

7．東京ではいつごろ梅雨明けになりますか。

8．沖縄で梅雨入りになって、どのぐらいたって青森で梅雨入りになりますか。

（練習17ページのグラフを見て答えなさい。）

9．６月に１年でいちばん雨が降るのはどこですか。

10．夏より冬に降水量が多いのはどこですか。

11．９月に一年で一番たくさん雨が降るのはどこですか。

12．札幌で６月、７月にあまり雨が降りません。それはなぜですか。

【10】台　　風

1．次の質問に答えなさい。

1．台風はどこで発生しますか。

2．台風というのはなんですか。

3．台風は一年に平均いくつぐらい発生しますか。

4．台風が発生する数は毎年同じですか。

5．発生した台風はみんな上陸しますか。

6．台風は一年にいくつぐらい上陸しますか。

7．台風が通るとき、天気はどうなりますか。

8．台風が上陸しなくても、暴風雨になるのはどんな時ですか。

2．表を見て質問に答えなさい。

1．台風は一年じゅう発生しますか。

2．台風が日本に上陸するのがとくに多いのは何月ですか。

3．台風があまり上陸しないのはいつですか。

4．台風がいちばん上陸する所は何地方ですか。

5．台風があまり上陸しない所は何地方ですか。

3．次の表を見て質問に答えなさい。

おもな台風と被害

月　日	台風の名	地　　域	死者（人）	こわれた建物（戸）
1934. 9	室戸台風	全土	3,066	475,634
1945. 9	枕崎台風	西日本とくに広島	3,756	88,037
1947. 9	カスリーン台風	関東・北日本	1,529	12,761
1954. 9	洞爺丸台風	全土	1,698	30,164
1958. 9	狩野川台風	本州・北海道	1,157	4,708
1959. 9	伊勢湾台風	東海・中部	5,101	153,693
1961. 9	第二室戸台風	全土	26	8,600

1．1934年から1961年の間の台風で、死んだ人の数がいちばん多いのは何という台風ですか。

2．1934年から1961年の間の台風で、こわれた建物の数がいちばん多いのは何という台風ですか。

3．伊勢湾台風はいつ来ましたか。

4．伊勢湾台風では、何人の人が死にましたか。

5．室戸台風はいつ来ましたか。

6．日本では台風は１年じゅう来ますが、とくに大きい台風が来る季節があります。それは何月だと思いますか。

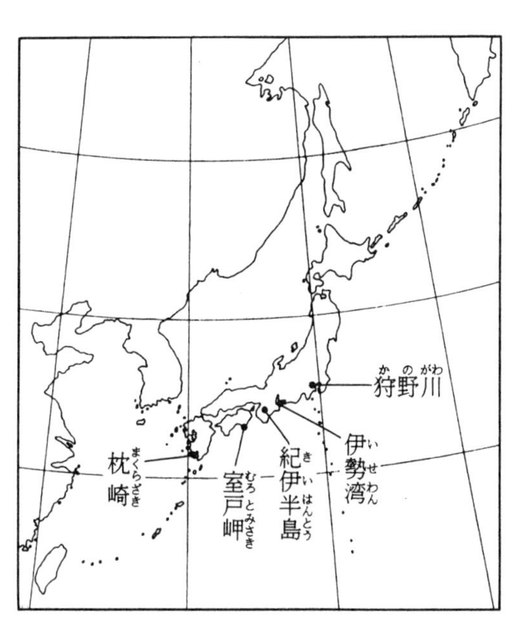

【11】 日本列島

1．次の図を見て、下のa．b．c．d．の文を完成しなさい。

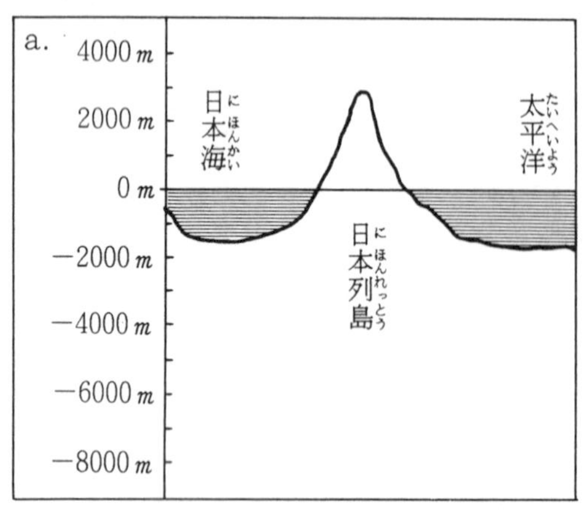

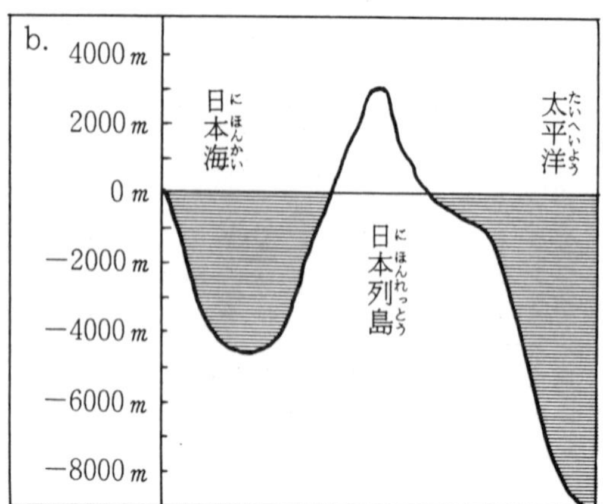

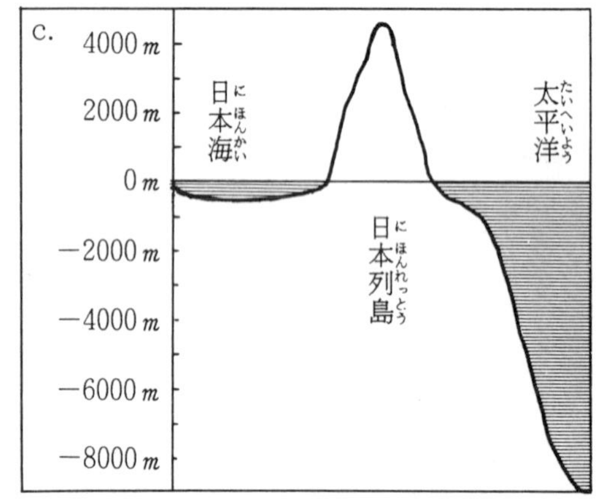

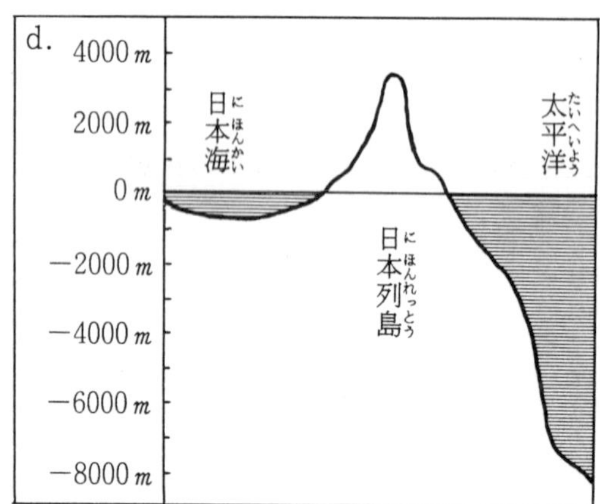

（理由）

a. の図は、＿＿＿＿＿＿＿＿＿＿＿＿＿＿から、正しい／正しくないです。

b. の図は、＿＿＿＿＿＿＿＿＿＿＿＿＿＿から、正しい／正しくないです。

c. の図は、＿＿＿＿＿＿＿＿＿＿＿＿＿＿から、正しい／正しくないです。

d. の図は、＿＿＿＿＿＿＿＿＿＿＿＿＿＿から、正しい／正しくないです。

2．次の質問に答えなさい。

1．今から数十万年前にも日本は島でしたか。

2．太平洋の周りには火山活動がさかんなところがありますか。

3．富士山は火山活動でできた山ですか。

4．日本海の深さはどのぐらいですか。

5．日本の東側には、どのぐらいの深さの海がありますか。

6．日本は国土の何パーセントぐらいが山地ですか。

7．日本列島の中央にはどのぐらいの高さの山がつづいていますか。

8．高い山がつづいているところを何といいますか。

9．日本アルプスはどこにありますか。

10. 日本の中央にある山を日本アルプスともいいます。それはなぜですか。

11. 日本列島は、海の中にそびえている山脈のように見えますが、それはなぜですか。

12. 日本には温泉がたくさんあります。それはなぜですか。

13. あなたの国にも温泉がありますか。

【12】 富士山

1．富士山についてかいた次の図を見て、下のａ．ｂ．ｃ．ｄ．の文を完成しなさい。

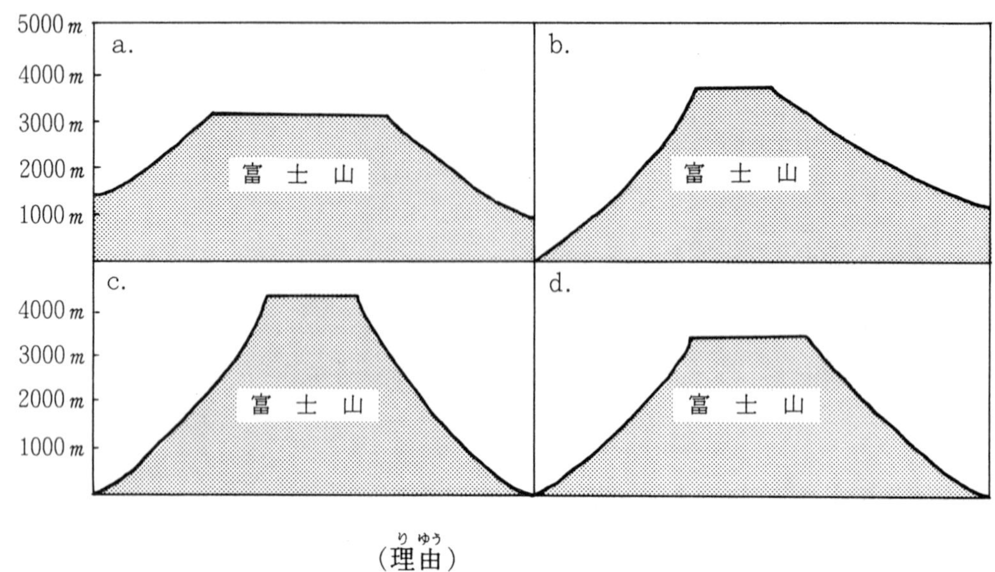

（理由）

a. の図は、＿＿＿＿＿＿＿＿＿＿＿＿＿＿ から、　　　　　です。

b. の図は、＿＿＿＿＿＿＿＿＿＿＿＿＿＿ から、　　　　　です。

c. の図は、＿＿＿＿＿＿＿＿＿＿＿＿＿＿ から、　　　　　です

d. の図は、＿＿＿＿＿＿＿＿＿＿＿＿＿＿ から、　　　　　です。

2．次の質問に答えなさい。

1．富士山の高さは何メートルですか。

2．富士山は火山ですが、今も活動をしていますか。

3．富士山は、どのようなことがあって今の形になりましたか。

4．富士山の北側にいくつもある湖はなんといいますか。

5．富士山の噴火で東京に灰がふったのは今から何年ぐらい前ですか。

6．ふつうの人が富士山に登ることができるのはいつですか。

（本文13ページの富士山の地図を見て、次の質問に答えなさい。）

7．富士山の登山口はいくつありますか。

8．富士山に登るとき、バスでどこまで行けますか。

9．富士山の5つの湖の名前を言って下さい。

【13】 阿 蘇 山

1．次の質問に答えなさい。

1．阿蘇山の旧火口原の広さはどのぐらいありますか。

2．阿蘇山の火口原で今どのぐらいの人が生活していますか。

3．二重式火山というのはどのような火山ですか。

4．阿蘇山の旧火口はどのぐらい前の噴火でできたものですか。

5．日本には国立公園がいくつありますか。

（本文15ページの国立公園の図を見て、答えなさい。）

6．阿蘇山は何という国立公園の中にありますか。

7．富士山は何という国立公園の中にありますか。

【14】日本の川

次の質問に答えなさい。

1．日本でいちばん長い川は何という川ですか。

2．信濃川の長さはどのぐらいですか。

3．世界でいちばん長い川はどこにある何という川ですか。

4．世界で2番目に長い川はどこにある何という川ですか。

5．信濃川は楊子江の何分の1ですか。

6．ナイル川は信濃川の何倍ですか。

7．ふつう、日本の川には水がたくさんありますか。

8．ふつう、日本の川に水がたくさんないのは、なぜですか。

9．あなたの国の川は、流れが急ですか。ゆっくりしていますか。

10．日本の川は短くて流れが急なのはなぜですか。

11．日本の川は梅雨や台風の時にあふれることが度々あるのはなぜですか。

12．日本に広い平野がないのはなぜですか。

【15】 石狩平野

次の質問に答えなさい。

1．石狩平野は日本で一番大きい平野ですか。

2．北海道には前にどんな人が住んでいましたか。

3．アイヌ人は北海道でどんな生活をしていましたか。

4．北海道はいつごろ開拓されましたか。

5．札幌はいつごろできた町ですか。

6．札幌ができたころの建物で今どんな建物が残っていますか。

7．札幌農学校はいつできた学校ですか。

8．札幌農学校はその後、何という学校になりましたか。

9．クラーク博士はどこで教えていた先生ですか。

10.「少年よ大志を抱け」というのはだれが言った言葉ですか。

11. それはどんな意味ですか。

12. サッポロというのはアイヌ語でどんな意味ですか。

13. アイヌ語は日本語と同じ言葉だと思いますか。

【16】 水と戦う濃尾平野

次の質問に答えなさい。

1．濃尾平野西部は、なぜ水害が多かったのですか。

2．濃尾平野西部では、どんなとき度々洪水になりましたか。

3．濃尾平野西部の人々はどのようにして水害を防いできましたか。

4．伊勢湾台風のとき高潮の高さは何メートルでしたか。

5．伊勢湾台風で死者が5,000人も出たのはなぜですか。

6．伊勢湾台風というのはいつ来た台風ですか。

7．伊勢湾沿岸の人々はどのようにして水害から身を守っていますか。

8．濃尾平野の東部で農業がほとんどできなかったのはなぜですか。

9．用水というのは何ですか。

10. 今、濃尾平野東部ではどんな農業が盛んですか。

11. 愛知用水はいつできましたか。

12. 高潮というのは、どんな時起こりますか。

【17】阪神大震災

次の質問に答えなさい。

1．1995年１月に起きた地震の震源地はどこでしたか。

2．特に大きな被害を受けたのはどこですか。

3．この地震の大きさはどのぐらいでしたか。

4．地震の揺れはどのぐらいでしたか。

5．震度７という揺れの地震はときどき起こりますか。

6．ライフラインというのは何ですか。

7．高速道路や新幹線は地震でどうなりましたか。

8．地震の後の火災で消火がよくできなかったのはなぜですか。

9．阪神大震災で死者はどのぐらいでましたか。

10．阪神大震災で震災に対して対応が遅れたのはなぜですか。

11．役所や病院の建物や、そこで働く人が被害を受けるとどうなると思いますか。

12．地震の後、被災地の住民はどのように行動しましたか。

13．発生から３カ月の間に何人の人がボランティア活動をしましたか。

【18】 過密地帯関東平野

1．次の質問に答えなさい。

1．関東平野は何という川の流域に発達した平野ですか。

2．東京という名前はいつから使われるようになりましたか。

3．皇居のあるところに昔何がありましたか。

4．今、都心にはどんな建物が建ち並んでいますか。

5．人口のドーナツ化現象というのはどんな現象ですか。

6．なぜ都心は人口が減少するのですか。

7．神奈川・埼玉・千葉の3県では、どこが中核都市ですか。

8．今、東京湾の臨海地区にどんなものを作ろうとしていますか。

9．東京湾の埋め立てはいつから始まりましたか。

10．今、東京湾の埋め立てにはどんな物が使われていますか。

11．大規模なウオーターフロントの開発が急速にできるようになった理由を言ってください。

12．関東大地震は、どのぐらいの大きさの地震でしたか。

13．関東大地震で死者がたくさん出たのはなぜですか。

14．日本の周りの地震は、どのようにして起こると考えられていますか。

2．下の表を見て答えなさい。

1．1923年以後の地震で一番全壊家屋の多かったのは何地震ですか。

2．二番目に全壊家屋の多かったのは何地震ですか。

3．全焼家屋が一番多かったのは何地震ですか。

4．流失家屋が一番多かったのは何地震ですか。

表4　関東大震災以降の巨大地震

（死者・行方不明者１００人以上）

年．月．日	地震名	規模（マグニチュード）	死者・行方不明者（人）	家屋損失戸数（戸）		
				全壊	全焼	流失
1923．9．1	関東大震災	7.9	142,807	128,266	447,128	868
1925．5．23	北但馬地震（きたたじま）	6.8	428	1,295	2,180	—
1927．3．7	北丹後地震（きたたんご）	7.3	2,925	12,584	3,711	—
1930．11．26	北伊豆地震（きたいず）	7.3	272	2,165	—	75
1933．3．3	三陸沖地震（さんりくおき）	8.1	3,008	2,346	216	4,917
1943．9．10	鳥取地震（とっとり）	7.2	1,083	7,485	251	—
1944．12．7	東南海地震（とうなんかい）	7.9	998	26,130	—	3,059
1945．1．13	三河地震（みかわ）	6.8	2,306	12,142	—	—
1946．12．21	南海地震（なんかい）	8.0	1,432	11,591	2,598	1,451
1948．6．28	福井地震（ふくい）	7.1	3,848	35,420	3,691	—
1960．5．23	チリ地震津波	8.5	139	1,571	—	1,259
1983．5．26	日本海中部地震	7.7	104	1,584	—	—
1993．7．12	北海道南西沖地震	7.8	230	601	—	—
1995．1．17	阪神大震災	7.2	5,504	91,966	7,119	—

消防庁「消防白書」（1994年版）による。ただし、阪神大震災は死者数が1995年４月19日現在で、家屋損失戸数は３月14日現在、兵庫県調べ。

【19】 日本の産業

1．次の質問に答えなさい。

1．農業や水産業は、第1次産業ですか第2次産業ですか。

2．第2次産業にはどんな産業が入りますか。

3．放送や教育は産業の分類ではどんな産業に入りますか。

4．日本で第1次産業が中心だったのはいつごろですか。

5．日本で第2次産業が急速に発達し始めたのはいつごろですか。

6．世界で、第3次産業が一番発達している国はどこですか。

2．次はサービス業について述べた文です。正しいものを選びなさい。

a. 放送や広告はサービス業に入るが、教育や医療はサービス業には入らない。

b. 産業の種類でいうサービス業は、農業や工業のように物を生産する産業ではない産業で，一般に言うサービス業より意味は広い。

c. 社会が発達して、複雑な社会で生活するためにいろいろなサービスが必要になると、サービス業が発達する。

d. 文化が発達して、人々がだんだん労働がきらいになると、サービス業が発達する。

e. 昔は、人々は親切で、サービス業が発達していた。

f. 社会が発達して、いろいろな産業や経済の関係が複雑になると、サービス業が必要になる。

【20】 日 本 の 農 業

1．次の質問に答えなさい。

1．日本の農家の耕地面積の平均はどのぐらいですか。

2．平均耕地面積のせまい日本の農家は、収穫を多くするためにどんなことをしていますか。

3．日本の農業はお金がたくさんかかりますが、それはなぜですか。

4．農業だけをしている農家をなんといいますか。

5．農業をしているが、それ以外の仕事もする農家をなんといいますか。

6．今、日本で、副（兼）業農家が多くなるのはなぜでしょうか。

7．大規模農業というのはどのような農業ですか。

8．耕地面積が狭い農家をなんと言いますか。

9．日本で、主業農家が他の農家から土地を借りて農業をするのはなんのためですか。

10. 今、日本では農業に新しい動きも出ています。それはどんな動きですか。

11. 農業をする人１人の耕地面積の割合は、日本はイギリスの何分の１ですか。

【21】農産物

1．次の質問に答えなさい。

1．冷害というのはどんなことですか。

2．稲は暖かい地方の植物なのに、今、北海道や新潟でたくさん取れるのはなぜですか。

3．稲の品種改良の研究をして、どんな稲ができましたか。

4．戦後日本では米を自由に売買することができませんでしたが、それはどんな法律があったからですか。

5．食糧管理法があったとき、お米の売買の値段を決めるのはだれでしたか。

2．次の文を読んで、(　　)の中にはどんな言葉が適当か考えなさい。

稲は暖かい地方の植物です。それで、夏に気温があまり上がらないと（a.　　　　　）になって米がとれません。それで、稲の品種改良が行われ、今では（b.　　　　　）が米のいちばん取れるところになりました。

1969年ごろから、日本人の（c.　　　　　　　　）が変化して、パンをたくさん食べるようになり、米が（d.　　　　　　　　）はじめました。戦後、米の値段は（e.　　　　　　　　）が決めていました。しかし、新しく（f.　　　　　　　　）ができて1995年から米が自由に（g.　　　　　　　　）できるようになりました。

今、日本では小麦を外国からたくさん買っています。輸入量は1960年に比べると（h.　　　　倍）以上になりました。おもな輸入先は（i.　　　　　　　　）などの国です。いちばんたくさん輸入している（j.　　　　　　　　）からは、1994年には（k.　　　　　トン）もの小麦を輸入しました。

野菜・果物

次の質問に答えなさい。

1．日本人が昔から食べていた野菜にはどんな物がありますか。

2．どんな野菜が西洋野菜ですか。

3．日本ではいろいろな種類の野菜が一年じゅう食べられるのはなぜですか。

4．高原で野菜を作った場合、野菜がとれても、町に運べなければ、どうなりますか。

5．交通が便利になると、高原で野菜を作ることができるのはなぜですか。

6．涼しい高原で野菜を作ると、どんなことがいいと思いますか。

7．みかんはどんな所で作られていますか。

8．りんごはどんな地方で作られていますか。

9．りんごはいつ、どのようにして日本で作られるようになりましたか。

10. 甲府盆地でぶどうがたくさんとれるのはなぜですか。

11. 日本では果物の種類が豊富ですが、それはなぜですか。

【22】 日本の畜産業

1．次の質問に答えなさい。

1．日本では、以前、畜産業がさかんでしたか。

2．日本で以前、畜産業がさかんではなかったのはなぜですか。

3．日本では家畜の飼料をたくさん輸入するのはなぜですか。

4．日本の畜産農家はどんな研究をしていますか。

5．牛肉の輸入が自由化されたのはいつからですか。

6．多頭飼育というのはどのようなことですか。

7．大量飼育の養鶏場では、どのように鶏を飼っていますか。

8．家族で2・3頭の牛や豚を飼っている農家をなんといいますか。

9．小規模畜産から大規模に移行するには大金が要ると思いますか。

10．畜産業で大規模化が進む理由は何ですか。

⑥おもな国の肉・たまご・乳製品の消費量（1人1日あたり、g）

	しらべた年	肉	たまご	牛乳・乳製品
日　本	1993	114	56	229
アメリカ合衆国	1988	330	40	697
イギリス	〃	211	36	1)773
旧西ドイツ	〃	285	44	815
フランス	〃	300	45	1 008
オーストラリア	〃	275	31	832
韓　国	1986～88平均	49	22	…
中　国	〃	63	14	…

農林水産省、国連およびOECDしらべ。1）1987年。

2．本文の表や36ページの表を参考にして、次の文を完成しなさい。

日本で一番消費量の多い肉は（a.　　　　　肉）で、次は（b.　　　　　の肉）です。最近の牛肉の消費量は豚肉の消費量の約（c.　　　　　）ぐらいです。

日本人は、牛肉は以前はあまり食べませんでしたが、最近はだんだん食べるようになり、1993年の消費量は（d.　　　　　t（トン））ぐらいです。これは、15年前の約（e.　　　　　倍）です。

日本人が１日にとる肉の消費量は、（f.　　　　　g）で、世界の他の国に比べると少ないです。例えば、肉を一番多くとる国（g.　　　　　）は日本の約（h.　　　　　倍）の（i.　　　　　g）です。また、牛乳や乳製品を一番多くとる（j.　　　　　）は、日本の約（k.　　　　　倍）で、（l.　　　　　g）です。しかし、日本人はたまごはたくさん食べます。消費量は世界で（m.　　　　　）多くて（n.　　　　　g）です。これは、にわとりの（o.　　　　　）が普及して、たまごが安いからでしょう。

日本では肉や乳製品の消費量は少ないですが、魚の消費量は世界で一番多いです。アメリカ合衆国の約（p.　　　　　倍）、フランスの約（q.　　　　　倍）です。

最近、日本では以前に比べると、食生活が変化し、肉や乳製品の消費量が多くなり、畜産業も（r.　　　　　）なりました。また、1991年からは牛肉の（s.　　　　　）が自由化されて、安い牛肉が外国から入ってきます。

日本の畜産業では、最近はいろいろな工夫や研究をしています。例えば、１.日本の気候にあった（t.　　　　　）の研究、２.子豚を丈夫に育てるための（u.　　　　　）の研究などです。また、たくさんの牛をいっしょに飼う（v.　　　　　）などもしています。しかし、大規模な経営ができない（w.　　　　　な畜産農家は高齢化や（x.　　　　　の）不足でどんどん減っています。

【23】 日本の水産業

1．次の質問に答えなさい。

1．日本の海岸線は、太平洋側と日本海側とではどちらが複雑ですか。

2．日本海側で砂丘はおもに何県の海岸にありますか。

3．日本海側の広い砂丘はどのようにしてできたものですか。

4．瀬戸内海はどんな海ですか。

5．三陸沖でとれる魚は、暖流の魚ですか、寒流の魚ですか。

6．日本では魚をどのようにして食べますか。

7．沿岸漁業では、兼業をしている人が多いのはなぜですか。

8．最近は、漁業からほかの仕事に移る人が多くなったのはなぜですか。

2．次の文は［　　］の中のどの言葉を説明した文ですか。

遠洋漁業	沿岸漁業	沖合漁業	黒潮	親潮	マグロ	サケ

a. 熱帯の海から太平洋を北に流れてくる海水の流れ。海の色が青黒く見える。

b. 寒帯地方から南下する冷たい海水の流れ。日本へ魚をたくさん運んでくる。

c. 暖流に乗って遠洋を泳いでいる体長が3メートルもある大きな魚。冬はとくにおいしくなり、おすしによく使われる。

d. 川で生まれて、寒流に乗って生まれた川にかえって来る魚。肉はうすい赤い色（ピンク）。

e. 海岸から遠くないところで、小さい船で漁をする漁業。

f. 魚を冷凍したり、かんづめをつくったりする設備を持った船で、遠くの海へ行って漁をする漁業。

g. 5～30トンの船で、海岸から少し離れた海で漁をする近海漁業。

3．本文や下のグラフも参考にして、次の文を完成しなさい。

日本では、漁業がさかんで、1985年には漁かく量は世界（a.　　　　　　）でしたが、今は（b.　　　　　　）です。1984年に日本の沖合漁業の漁かく量は約（c.　　　　　　）でしたが、最近はその（d.　　　　パーセント）ぐらいに減りました。また、遠洋漁業の漁かく量も、盛んだったころの約（e.　　　　　　）に減りました。

日本では、漁業をしている人の3分の2ぐらいは、家族だけで漁をしています。このような漁は、小さい船で漁をしているので、海岸の近くで魚をとる（f.　　　　　　）です。下の表によると、93年の沿岸漁業の漁かく量は約（g.　　　　　　）で、1984年ごろに比べて（h.　　　　　　）ほど減っていません。

日本では、水産物の輸入が盛んです。輸入品の中で、一番多いのは（i.　　　　　　）で、次が（j.　　　　　　）（k.　　　　　　）です。えびは、インドネシア、タイ、中国などからおもに輸入しています。

2 漁業別の漁かく量（農林水産省しらべ）

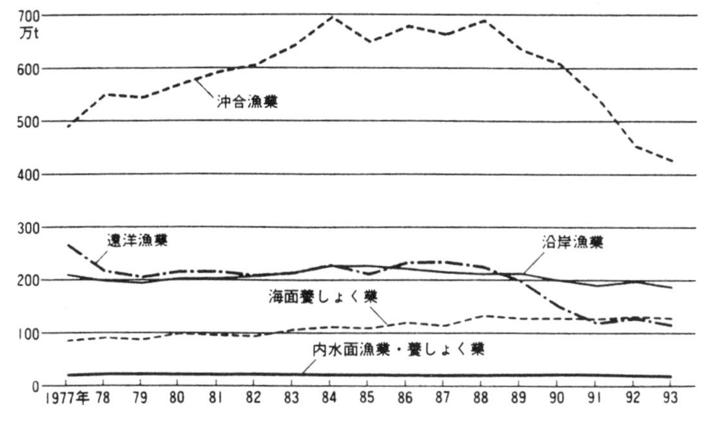

8 おもな輸入水産物（1994年）

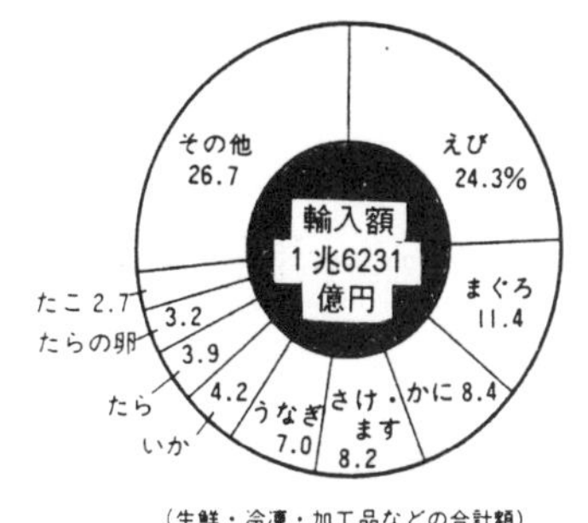

（生鮮・冷凍・加工品などの合計額）

【24】 水産業の変化

1．次の質問に答えなさい。

1．コンピューターで魚の大群がいるところを予測するには、どんなことを調べますか。

2．人間は、なぜいろいろな種類の機械を使って魚を取るのですか。

3．領海というのは何ですか。

4．200海里水域という考えが世界的なものになったのはなぜですか。

5．200海里水域では、その国の領海は以前と比べてどうなりましたか。

6．ほかの国の200海里の水域内で漁をしたいときにはどうしますか。

7．大陸棚というものの利用について、それぞれの国が強く権利を求めるのはなぜですか。

8．最近、200海里や大陸棚の問題があるので、日本の漁業はどのような漁業に変わっていますか。

9．サケが栽培漁業に最も適しているのはなぜですか。

10．志摩半島で真珠の養殖が盛んなのはなぜですか。

2．次の文を完成しなさい。

1．人工衛星で海水の温度や海流などを調べて、魚の大群がいるところを予測してする漁を（　　　　　　　　）といいます。

2．水中に音波を発射して、音波が返ってくる時間で魚のいる場所をさがすものを（　　　　　　　　）といいます。

3．魚が明りのそばに集まる習性を利用して魚をとるために使う明りを（　　　　　　）といいます。

4．以前、領海はその国の海岸から（　　　　　　　　）の沖までの海域でした。

5．水産資源を保護する考えから、外国の漁船を制限できるように国際的に決めた領海より広い水域を（　　　　　　　　）といいます。

6．ロシア、カナダの間にあるような北の海で魚をとる漁を（　　　　　　　　）といいます。

7．200海里水域の考えが広まる前に日本がサケやマスをたくさんとっていた北洋漁場は今より（　　　　　　　　）だった。

8．200海里の中で外国の船が魚をとるとき、漁獲量を決めたり、漁のために払うお金などを決める約束を（　　　　　　　　）といいます。

9．大陸のまわりの深さ200メートル以下のところを（　　　　　　　　）といいます。

10．小さな魚、魚の子どものことを（　　　　　　　　）といいます。

11．魚の卵をかえして、少し大きくなるまで餌をやって育てて、海や川に放流し、魚が大きくなったら取るような漁業を（　　　　　　　　）といいます。

12．海上に音を出すものをおいて魚を集め、集まった魚に餌をやって育てるところを（　　　　　　　　）といいます。

13．志摩半島の海で真珠の養殖を研究し、苦心して成功した人は（　　　　　　）です。

14．日本の真珠は世界のいろいろな国へ（　　　　　　　　）されています。

【25】 日本の工業

1．次の質問に答えなさい。

1．戦前には日本でどんな工業が発達していましたか。

2．石油ショックで金属工業やセメント産業が影響を受けたのはなぜですか。

3．機械工業が石油ショック後も発展した理由は何ですか。

4．鉄鋼業が石油ショックの影響をあまり受けなかたのはなぜですか。

5．最近、鉄鋼業がエレクトロニクスなどの工業へ進出しはじめたのはなぜですか。

6．工業地帯が内陸にもできはじめたのはなぜですか。

2．本文33ページの表（工業生産の割合）を見て答えなさい。

1．化学工業の生産の割合が一番多かったのは（　　　　　）年ごろです。

2．機械工業の生産の割合が一番多かったのは（　　　　　）年ごろです。

3．金属工業の生産の割合が一番多かったのは（　　　　　）ごろです。

4．最近の20年間で生産の割合が一番変化がないのは（　　　　　）工業です。

3．次の製品は下の□の中の工業のどれに属すか答えなさい。

a. 綿織物	e. 肥料	i. プラスチック	m. パン
b. 自動車	f. 毛糸	j. ビール	n. カメラ
c. テレビ	g. レール	k. 電線	o. 洗剤
d. 冷蔵庫	h. 時計	l. なべ	p. 薬品

繊維工業	化学工業	金属工業	機械工業	食料品工業

4．工業地帯の図を見て、次の文を完成しなさい。

1．北海道工業地域は、パルプ・紙・製鉄・乳製品・（　　　　　　）などの工業の盛んな地域です。

2．常磐工業地域では、電気機械・非鉄金属・（　　　　　　）などの工業が盛んです。

3．鹿島臨海工業地域は、茨城県の南部に新しくできた工業地域で、製鉄所・石油精製・（　　　　　　）などの大工場が建設されています。

4．東京湾の沿岸に広がる（　　　　　　）工業地域では、製鉄などの重化学工業が盛んで、石油化学コンビナートもあります。

5．京浜工業地帯は、機械工業・出版印刷・化学工業・金属・（　　　　　　）などの工業が盛んです。

6．（　　　　　　）工業地域は、神奈川・埼玉・群馬・栃木に発達した工業地域で、自動車や電気、電子製品などの工業が盛んです。

7．（　　　　　　）工業地域は京浜と中京の間にあり、浜松市の楽器・オートバイ・自動車・富士市では紙・パルプ工業がさかんです。

8．中京工業地帯は機械工業（自動車）が盛んで、そのほか、繊維・よう業（陶磁器）（　　　　　　）などの工業が発達しています。

9．阪神工業地帯は機械・金属・化学・食品・（　　　　　　）・出版印刷などの工業が盛んです。

10.（　　　　　　）工業地域は、日本海に面した北陸地方に広がる工業地域で、石油化学・金属製品がさかんですが、金沢市の絹織物、陶磁器、富山市の薬なども盛んです。

11．瀬戸内海工業地域は自動車・（　　　　　　）・化学工業・製鉄などの工業が盛んです。

12．北九州工業地帯は日本で一番大きな製鉄所がある九州北部の工業地帯でしたが、今は機械・（　　　　　　）・食料品などの工業地帯になりました。

13．製鉄・電気機械・石油化学などの盛んな（　　　　　　）工業地域は、九州の北東部にあります。

【26】 機械工業(1)

自動車

1．次の質問に答えなさい。

1．日本の自動車に人気がある理由は何ですか。

2．自動車の大量輸出が困難になってきたのはなぜですか。

3．現地生産とは何ですか。

4．海外生産が進むと、国内ではどんな問題がおこりますか。

2．本文35ページの表や右の表を見て答えなさい。

1．日本でもっとも自動車の輸出が多かったのは、何年ごろですか。

2．現在、日本では自動車をどんな国に輸出していますか。

3．自動車の生産高が最も高かったのはいつごろですか。

4．乗用車を生産している会社（トヨタ、日産、三菱、本田、マツダ）でトラックを生産していないのはどの会社ですか。

表 25–5　会社別の自動車生産割合（%）
（1994年）（四輪車のみ）

乗用車		トラック		バス	
トヨタ……	35.5	トヨタ……	26.6	トヨタ……	42.3
日産……	17.2	三菱自動車…	15.1	三菱自動車…	16.3
三菱自動車…	11.4	いすゞ……	12.0	日産……	14.6
本田技研…	10.9	スズキ……	9.8	日野……	12.9
マツダ……	10.5	ダイハツ…	8.0	いすゞ……	8.5
計×……	100.0	計×……	100.0	計×……	100.0
実数(千台)・	7 801	実数(千台)・	2 704	実数(千台)・	49

日本自動車工業会の資料による。軽自動車を含む。×その他とも。

表 25–10　わが国の二輪自動車の生産と輸出
（単位　千台）

	1980	1985	1990	1993	1994	〃 %
生産						
本田技研……	2 578	1 992	1 228	1 426	1 269	46.6
ヤマハ発動機…	2 029	1 473	827	756	723	26.5
スズキ……	1 351	820	503	612	525	19.3
川崎重工業……	476	251	250	229	208	7.6
その他……	—	—	—	—	0.4	0.0
計……	6 435	4 536	2 807	3 023	2 725	100.0
輸出……	3 929	2 541	1 184	1 720	1 408	—

日本自動車工業会の資料による。

5．いすずはおもに何を生産している会社ですか。

6．自動車も二輪自動車（オートバイ）の生産もしている会社はどこですか。

7．ヤマハではどんな車を生産していますか。

8．バスの生産を中心にしているのはどこの会社ですか。

家庭用電器・半導体

次の質問に答えなさい。

1．日本の家電産業は何によって成長してきましたか。

2．ＯＡ関連機器にはどんな物がありますか。

3．現在、電機メーカーは、どんな製品の産業に進展しはじめていますか。

（下の表を見て答えて下さい。）

4．家庭用電子機器の中で、最近とくに生産がのびているものは何ですか。

5．家庭用電子機器の中で、最近輸出されなくなったものは何ですか。

6．家庭用電器機器の中で、最近生産がのびているものは何ですか。

7．エアコンや電子レンジは輸出ものびていますか。

8．1980年と1994年を比べて、生産が減っているのに輸出がのびている物は何ですか。

13 日本の家庭用電器製品の生産と輸出

	生産			輸出		
	1980	1994		1980	1994	
	万台	万台	億円	万台	万台	億円
家庭用電子機器	—	—	27 709	—	—	15 415
VTR	444	1 920	4 987	344	1 524	3 539
テープレコーダー	5 804	3 201	4 352	5 025	2 465	2 762
カラーテレビ	1 166	929	7 089	460	362	1 877
ビデオカメラ	—	800	4 502	—	669	3 699
ステレオセット	308	262	1 126	175	…	…
家庭用電気機器	—	—	27 157	—	—	3 322
エアコン[1]	370	799	11 155	123	222	1 401
電気冷ぞう庫	428	495	4 956	70	43	114
電子レンジ	188	317	1 129	105	72	157
電気洗たく機	488	504	1 999	118	58	152
換気扇	709	170	87	82	138	30
電気そうじ機	527	636	916	124	78	58
電気がま	602	751	941	163	105	77
合計	—	—	**54 866**	—	—	**18 737**

日本電子機械工業会および日本電機工業会しらべ。1)エアーコンディショナー。

【27】機械工業(2)

コンピューター

次の質問に答えなさい。

1．近年、コンピューターはどのようなところで使われていますか。

2．コンピューターは、初めにどんな所で使われましたか。

3．汎用コンピューターの国内シェアで、設置金額の多い4社を言って下さい。

4．パソコンの国内シェアで、出荷台数の一番多い会社をいって下さい。

工作機械

1．本文37ページの表などを見て次の文を完成しなさい。

工作機械というのは（a.　　　　　　　　　　）です。よい工作機械があれば、その国の工業全体の（b.　　　　　　　　）上がります。工作機械を生産しているおもな国は（c.　　　　　・d.　　　　　・e.　　　　　・f.　　　　　・g.　　　　　）などです。

日本で生産・輸出される工作機械の大部分は（h.　　　　　　　　機械）です。NC工作機械というのは（i.　　　　　　　　）方式の機械で、この機械は（j.　　　　　　）のよい製品を一定に生産します。それで、この工作機械を使うと、工場内の作業が合理化できます。

2．次の質問の答えなさい。

1．いい工作機械があれば、その国の工業の水準が上がるのはなぜですか。

2．工場で仕事になれていて、いい製品を作ることができる人を何といいますか。

3．NC工作機械を使うと、工場内の作業を合理化できるのはなぜですか。

産業用ロボット

1．次の質問に答えなさい。

1．産業用ロボットは、何のために使いますか。

2．産業用ロボットというのは、どんな仕事をする機械ですか。

3．小さな穴の中で仕事をするロボットの研究・開発が進むのはなぜですか。

4．産業用ロボットにさせるのにもっともいい仕事はどんな仕事だと思いますか。

2．下の表を見て次の文を完成しなさい。

人間は最初、人間が動かす（a.　　　　　）というロボットを作った。それから、人間が教えた仕事を繰り返してする（b.　　　　　）を作った。しかし、数値を使って、一定の仕事を順にする（c.　　　　　）を考え、今では、センサーで条件をみつけて、仕事をする（d.　　　　　）ができた。センサーは人間の（e.　　　　　）の役目をする。このようなロボットは、センサーを使って、自分で考えて行動するが、教えられない仕事まで自分で考えて（f.　　　　　）することはできない。

産業用ロボットの種類

マニュプレーター	人間が動かすロボット
シーケンス・ロボット	決められた順序、条件、位置にしたがって順に仕事をしていくロボット
プレイバック・ロボット	人間が教えた仕事を繰り返してするロボット
数値制御ロボット	仕事の順序、位置などをテープやカードなどにいれてある数値によって順に仕事をするロボット
知能ロボット	人間の目や、手の感覚の役目をするセンサーを持っていて、自分で行動を決めて仕事をするロボット

【28】 中小工場と大工場

1．次の質問に答えなさい。

1．日本の中小工場では、どんな仕事をしていますか。

2．高級織物や染色、うるし塗りなどが中小工場に適しているのはなぜですか。

3．次の文は、親工場のことですか、下請け工場のことですか。

a. たいてい部品だけを作っている。 (　　　　　)

b. 主として組立てを行う工場である。 (　　　　　)

c. 景気が悪いときは、いつも影響を受けて苦しくなる。 (　　　　　)

d. ほかの工場に安い値段で製品の注文を出す。 (　　　　　)

4．企業城下町というのはどんな町ですか。

5．景気が悪いときにまず下請け工場が影響を受けるのはなぜですか。

6．下請け工場の労働者の賃金が親工場の労働者より安いのはなぜですか。

7．下請け工場は賃金も安い小さい工場なのに、いい製品ができるのはなぜですか。

8．下請け工場でも産業用ロボットを使うところが多くなっているのは、何のためですか。

2．本文39ページのグラフを見て、次の質問に答えなさい。

1．大工場は日本全体の工場の何％ですか。

2．大工場で働いている人は全体の何％ですか。

3．大工場の生産高は何％ですか。

4．300人以上の工場の１人あたりの賃金は300人未満の工場の人の賃金の何倍ぐらいですか。

5．ここで大工場というのは働いている人が何人以上の工場ですか。

3．右の表を見て答えなさい。

1．自動車の上位４社を言いなさい。

2．石油の上位４社を言いなさい。

3．電機の上位４社を言いなさい。

4．世界で一番大きな電子計算機の会社はどこですか。

5．世界で一番大きな鉄鋼・造船の会社はどこですか。

6．ゼネラルモーターズとトヨタの売上高・雇用者数を比べて話しなさい。

7．トヨタと日産自動車の売上高・雇用者数を比べて話しなさい。

表 35–9　世界の大会社（工・鉱業部門）（1993年）

世界順位	米国除外順位	社名および国名	業種	売上高（百万ドル）	雇用者数（千人）
1	—	ゼネラルモーターズ(米)	自動車	133 622	711
2	—	フォードモーター(米)	〃	108 521	322
3	—	エクソン(米)	石油	97 825	91
4	1	ロイヤルダッチシェル(蘭・英)	〃	95 134	117
5	2	トヨタ自動車	自動車	85 283	109
6	3	日立製作所	電機	68 582	331
7	—	Ｉ．Ｂ．Ｍ．(米)	電子計算機	62 716	267
8	4	松下電器産業	電機	61 384	254
9	—	ゼネラルエレクトリック(米)	〃	60 823	222
10	5	ダイムラーベンツ(ドイツ)	自動車	59 102	367
11	—	モービル(米)	石油	56 576	62
12	6	日産自動車	自動車	53 760	143
13	7	ブリティッシュペトロリアム(英)	石油	52 485	73
14	8	三星グループ(韓)	電機	51 345	191
15	—	フィリップモリス(米)	食品	50 621	173
16	9	ＩＲＩ(イタリア)[1]	鉄鋼・造船	50 488	366
17	10	ジーメンス(ドイツ)	電機	50 381	391
18	11	フォルクスワーゲン(ドイツ)	自動車	46 312	252
19	—	クライスラー(米)	〃	43 600	128
20	12	東芝	電機	42 917	175
24	16	本田技研工業	自動車	35 798	91
27	19	ソニー	電機	34 602	130
29	20	ＮＥＣ	〃	33 176	148
36	24	富士通	事務機	29 094	164
37	25	三菱電機	電機	28 780	111
41	29	三菱自動車工業	自動車	27 311	46
43	31	三菱重工業	機械	25 804	68
45	33	新日本製鉄	鉄鋼	25 481	5[illegible]
57	39	マツダ	自動車	20 279	3[illegible]
60	41	日本石油	石油	19 585	12
69	46	キヤノン	事務機	16 507	65
78	53	ＮＫＫ	鉄鋼・造船	14 891	23
85	58	ブリヂストン	ゴム製品	14 377	87
95	64	三洋電機	電機	13 850	60
96	65	シャープ	〃	13 810	43
97	66	ジャパンエナジー	石油	13 736	14
98	67	いすゞ自動車	自動車	13 731	13
100	68	住友金属工業	鉄鋼	13 521	31
104	70	出光興産	石油	12 857	5
106	72	日本電装	自動車部品	12 835	57
118	78	神戸製鋼所	鉄鋼	11 575	29
121	79	コスモ石油	石油	11 484	4

資料は前表に同じ。蘭はオランダ。前表の脚注を参照のこと。1）政府所有企業。

【29】 日 本 の 商 業

1．次の質問に答えなさい。

1．私たち一般の人が物を買いに行く店を何といいますか。

2．問屋へ物を買いに行くのはどのような人ですか。

3．農産物は、どのような経路を通って私たちの所へ来ますか。

4．電気製品は、どんな経路を通って消費者の所へ来ますか。

5．ふつう、人々はどんな物をデパートで、どんな物をスーパーマーケットで買いますか。

6．あなたはどんな物を専門店で買いますか。

7．あなたは食料品はどんな店へ買いに行きますか。

8．ふつうの商品の値段はどのようにして決まりますか。

9．日本では、値段の中で需要と供給の関係だけで自由には決められないものもあります。それを何といいますか。

10．政府が売買する米の値段や国立学校の授業料はだれが決めますか。

11．水道料金や公立学校の授業料はだれが決めますか。

12．会社が申請し、政府が認可して決めるものにはどんなものの値段がありますか。

13. 住宅で、比較的家賃の安いのはどんな住宅ですか。

14. 現在、サラリーマンの住宅がしだいに都心から離れる傾向にあるのはなぜですか。

15. 日本では、1958年から1993年の間に住宅の数はどう変わりましたか。

16. 1958年から1993年の間に自分の家を持つ人の%が多くなりましたか。

2．下の表を見て話して下さい。

1．米の値段は20年ぐらいの間にどうなりましたか。

2．20年ぐらいの間、値段があまり変わっていないものは何ですか。

3．牛乳の値段は1970年から1994年の間にどう変わりましたか。

4．この表に出ているものの現在の値段は、あなたの国の値段と比べてどうですか。
とくにあなたの国の値段と違うものは何ですか。

7 おもな商品の小売ねだんのうごき（東京、年平均）（たん位　円）

	たん位	1970	1980	1990	1993	1994
米(うるち米)	10kg	1 250	4 427	5 364	5 644	6 953
食パン	1kg	116	316	386	413	414
牛　肉	100g	137	339	383	395	394
豚　肉	〃	91	145	153	160	159
牛にゅう[1)]	1000mℓ	25	212	202	211	209
バター[2)]	1箱	180	343	375	374	373
たまご	100g	27	38	32	27	28
しょうゆ[3)]	1本	250	293	302	327	326
砂　糖	1kg	141	267	238	239	233
みかん	〃	198	316	552	539	598
家賃(民営)[4)]	1か月	1 880	4 640	7 322	8 372	8 502

【30】日本の交通

1. 本文や鉄道の図を参考にして、質問に答えなさい。

a. 東海道新幹線は海岸に沿って走る鉄道ですか。

b. 東北新幹線は日本列島を横切って走りますか、縦に走りますか。

c. 上越新幹線は日本列島を横切って走りますか、縦に走りますか。

d. 日本海側を走る線は山陰本線ですか、山陽新幹線ですか。

e. 東京から新潟へ行くときには何線に乗りますか。

f. 瀬戸大橋はどことどこをつなぐ橋ですか。

g. 下関と門司の間をつなぐトンネルは何トンネルですか。

h. 青函トンネルはどことどこをつなぐトンネルですか。

i. 東京から新幹線で博多へ行く人は何線に乗って行きますか。

j. 鉄道で札幌へ行くには何線に乗って行きますか。

k. 大阪から東京へ名古屋を通って行くのに通るのは何高速道路ですか。

2. 次の質問に答えなさい。

1. 日本で一番はじめに汽車が走ったのは、どこからどこまででですか。

2. あなたは私鉄のどんな会社の名前を知っていますか。

3. 国鉄が分割民営化されるようになったのはなぜですか。

4. 東海道新幹線で、東京大阪間は何時間ですか。

5. 現在、鉄道は主に何の輸送に利用されていますか。

6. 日本では鉄道の開通に比べて高速道路の建設が遅かったのはなぜだと思いますか。

新幹線各駅間の運賃・特急料金早見表（単位　円）

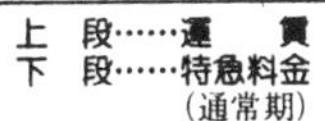

（1996年）

東海道・山陽新幹線

〔ひかり・こだま〕

東京からの営業キロ	駅名	東京	新横浜	小田原	熱海	三島	新富士	静岡	掛川	浜松	豊
28.8	新横浜	470 820									
83.9	小田原	1,420 2,150	930 930								
104.6	熱海	1,850 2,150	1,260 2,150	390 820							
120.7	三島	2,160 2,150	1,590 2,150	640 2,150	310 820						
146.2	新富士	2,470 2,870	1,850 2,870	1,090 2,150	720 2,150	470 820					
180.2	静岡	3,190 2,870	2,470 2,870	1,590 2,150	1,260 2,150	930 930	560 820				
229.3	掛川	3,810 3,690	3,500 3,690	2,470 2,870	2,160 2,870	1,850 2,870	1,420 2,150	800 820			
257.1	浜松	4,220 3,690	3,810 3,690	2,880 2,870	2,470 2,870	2,160 2,870	1,850 2,870	1,260 930	470 820		
293.6	豊橋	4,840 3,690	4,530 3,690	3,500 3,690	3,190 2,870	2,880 2,870	2,470 2,870	1,850 2,870	1,090 2,150	640 820	
336.3	三河安城	5,360 4,410	5,150 4,410	4,220 3,690	3,810 3,690	3,500 3,690	3,190 2,870	2,470 2,870	1,850 2,870	1,260 2,150	
366.0	名古屋	5,970 4,410	5,360 4,410	4,840 3,690	4,530 3,690	4,220 3,690	3,500 3,690	3,190 2,870	2,160 2,870	1,850 2,870	1
396.3	岐阜羽島	6,180 4,410	5,970 4,410	5,150 4,410	4,840 3,690	4,530 3,690	4,220 3,690	3,500 3,690	2,880 2,870	2,160 2,870	1, 2,
445.9	米原	7,000 4,830	6,490 4,830	5,970 4,410	5,670 4,410	5,360 4,410	4,840 3,690	4,530 3,690	3,500 3,690	3,190 2,870	2
513.6	京都	7,830 5,140	7,520 4,830	6,700 4,830	6,490 4,830	6,180 4,410	5,970 4,410	5,360 4,410	4,840 3,690	4,220 3,690	3
552.6	新大阪	8,340 5,140	8,030 5,140	7,210 4,830	7,000 4,830	6,700 4,830	6,490 4,830	5,970 4,410	5,360 4,410	4,840 3,690	4, 3,
589.5	新神戸	8,860 5,140	8,550 5,140	7,830 5,140	7,520 4,830	7,210 4,830	7,000 4,830	6,490 4,830	5,970 4,410	5,360 4,410	4
612.3	西明石	9,170 5,550	8,860 5,140	8,030 5,140	7,830 5,140	7,520 4,830	7,210 4,830	6,700 4,830	6,180 4,410	5,670 4,410	4
644.3	姫路	9,370 5,550	9,170 5,550	8,550 5,140	8,030 5,140	8,030 5,140	7,520 4,830	7,210 4,830	6,490 4,830	6,180 4,410	5, 4,
665.0	相生	9,370 5,550	9,170 5,550	8,860 5,140	8,550 5,140	8,340 5,140	7,830 5,140	7,520 4,830	6,700 4,830	6,490 4,830	5 4
732.9	岡山	9,990 6,060	9,680 6,060	9,370 5,550	9,170 5,550	9,170 5,550	8,860 5,140	8,340 5,140	7,830 5,140	7,210 4,830	4
758.1	新倉敷	9,990 6,060	9,990 6,060	9,370 5,550	9,370 5,550	9,170 5,550	9,170 5,550	8,550 5,140	8,030 5,140	7,830 5,140	7, 4,
791.2	福山	10,300 6,060	10,300 6,060	9,680 6,060	9,680 5,550	9,370 5,550	9,370 5,550	9,170 5,550	8,550 5,140	8,030 5,140	7, 4
811.3	新尾道	10,610 6,580	10,300 6,060	9,990 6,060	9,680 6,060	9,680 5,550	9,370 5,550	9,170 5,550	8,860 5,140	8,340 5,140	7 5
822.8	三原	10,610 6,580	10,300 6,060	9,990 6,060	9,680 6,060	9,680 6,060	9,370 5,550	9,370 5,550	8,860 5,140	8,550 5,140	8, 5,
862.4	東広島	10,820 6,580	10,610 6,580	10,300 6,060	9,990 6,060	9,990 6,060	9,680 6,060	9,680 5,550	9,170 5,550	9,170 5,550	8, 5
894.2	広島	11,120 6,580	10,820 6,580	10,610 6,580	10,300 6,060	10,300 6,060	9,990 6,060	9,680 6,060	9,370 5,550	9,170 5,550	9, 5,
935.6	新岩国	11,430 7,090	11,120 7,090	10,820 6,580	10,610 6,580	10,610 6,580	10,300 6,060	9,990 6,060	9,680 6,060	9,370 5,550	9,3 5,55
982.7	徳山	11,740 7,090	11,430 7,090	11,120 6,580	11,120 6,580	10,820 6,580	10,820 6,580	10,610 6,580	9,990 6,060	9,990 6,060	9,6 5,5
1027.0	小郡	12,050 7,610	12,050 7,090	11,430 7,090	11,430 7,090	11,120 7,090	11,120 6,580	10,820 6,580	10,610 6,060	10,300 6,060	9, 6,
1088.7	新下関	12,570 7,610	12,360 7,610	12,050 7,610	11,740 7,090	11,740 7,090	11,430 7,090	11,120 7,090	10,820 6,580	10,610 6,580	10, 6,
1107.7	小倉	12,570 8,120	12,570 7,610	12,050 7,610	12,050 7,610	11,740 7,090	11,740 7,090	11,430 7,090	11,120 6,580	10,820 6,580	10,6 6,5
1175.9	博多	13,180 8,120	12,880 8,120	12,570 7,610	12,360 7,610	12,360 7,610	12,050 7,610	12,050 7,090	11,430 7,090	11,430 7,090	11,1 6,

東北・山形新幹線

駅名	東京からの営業キロ	新花巻	北上	水沢江刺	一ノ関	くりこま高原	古川	仙台	白石蔵王	山形	かみのやま温泉	赤湯	高畠	米沢	福島	郡山	新白河	那須塩原	宇都宮	小山	大宮	上野	東京
盛岡	535.3	640 820	800 820	1,090 2,250	1,590 2,250	1,850 2,970	2,470 2,970	3,190 2,970	3,810 3,800	5,670 4,940	5,360 4,940	5,150 4,940	5,150 4,650	5,150 4,650	4,530 3,800	5,150 4,520	5,670 4,520	5,970 4,520	6,700 5,030	7,000 5,030	7,830 5,030	8,030 5,340	8,030 5,540
新花巻	500.0		230 820	470 2,250	930 2,250	1,420 2,250	1,850 2,970	2,470 2,970	3,190 2,970	5,150 4,940	5,150 4,940	4,840 4,940	4,530 4,650	4,530 4,650	3,810 3,800	4,530 3,800	5,150 4,520	5,670 4,520	6,180 4,520	6,490 5,030	7,210 5,030	7,520 5,030	7,520 5,230
北上	487.5			310 820	720 820	1,260 2,250	1,590 2,250	2,160 2,970	3,190 2,970	5,150 4,940	4,840 4,940	4,530 4,940	4,530 4,650	4,220 4,650	3,500 3,800	4,530 3,800	5,150 4,520	5,360 4,520	5,970 4,520	6,490 5,030	7,000 5,030	7,520 5,030	7,520 5,230
水沢江刺	470.1				390 820	930 2,250	1,260 2,250	1,850 2,970	2,880 2,970	4,840 4,110	4,530 4,110	4,220 4,110	4,220 3,820	3,810 3,820	3,190 2,970	4,220 3,800	4,840 3,800	5,150 4,520	5,970 4,520	6,180 4,520	6,700 5,030	7,210 5,030	7,210 5,230
一ノ関	445.1					470 820	930 930	1,590 2,250	2,160 2,970	4,220 4,110	4,220 4,110	3,810 4,110	3,810 3,820	3,500 3,820	2,880 2,970	3,500 3,800	4,220 3,800	4,840 3,800	5,360 4,520	5,970 4,520	6,490 5,030	7,000 5,030	7,000 5,230
くりこま高原	416.2						390 820	1,090 2,250	1,850 2,970	3,810 4,110	3,500 4,110	3,190 4,110	3,190 3,820	3,190 3,820	2,470 2,970	3,190 2,970	3,810 3,800	4,220 3,800	5,150 4,520	5,360 4,520	6,180 4,520	6,490 5,030	6,490 5,230
古川	395.0							720 820	1,420 2,250	3,500 4,110	3,190 4,110	2,880 4,110	2,880 3,820	2,880 3,820	2,160 2,970	2,880 2,970	3,500 3,800	3,810 3,800	4,840 3,800	5,150 4,520	5,970 4,520	6,180 4,520	6,180 4,720
仙台	351.8								720 820	2,880 3,390	2,470 3,390	2,160 3,390	2,160 3,100	1,850 3,100	1,260 2,250	2,160 2,970	2,880 2,970	3,190 2,970	4,220 3,800	4,530 3,800	5,360 4,520	5,670 4,520	5,670 4,720
白石蔵王	306.8									2,160 3,390	1,850 3,390	1,590 3,390	1,420 3,100	1,260 3,100	560 820	1,420 2,250	2,160 2,970	2,470 2,970	3,190 2,970	3,810 3,800	4,530 3,800	5,150 4,520	5,150 4,720
山形	359.9										230 1,220	560 1,220	640 1,220	800 1,220	1,420 1,630	2,160 3,390	2,880 3,390	3,500 4,110	4,220 4,110	4,530 4,110	5,360 4,940	5,670 4,940	5,670 5,140
かみのやま温泉	347.8											310 1,220	470 1,220	560 1,220	1,260 1,630	2,160 3,390	2,880 3,390	3,190 4,110	3,810 4,110	4,530 4,110	5,150 4,940	5,670 4,940	5,670 5,140
赤湯	328.9												190 1,220	310 1,220	930 1,630	1,850 3,390	2,470 3,390	2,880 4,110	3,500 4,110	4,220 4,110	4,840 4,940	5,360 4,940	5,360 5,140
高畠	322.7													190 1,220	800 1,220	1,590 3,100	2,160 3,100	2,880 3,820	3,500 3,820	4,220 3,820	4,840 4,650	5,360 4,650	5,360 4,850
米沢	312.9														720 1,220	1,420 3,100	2,160 3,100	2,470 3,820	3,500 3,820	3,810 3,820	4,840 4,650	5,150 4,650	5,150 4,850
福島	272.8															800 820	1,420 2,250	1,850 2,970	2,880 2,970	3,190 2,970	4,220 3,800	4,530 3,800	4,530 4,000
郡山	226.7																720 820	1,090 2,250	1,850 2,970	2,470 2,970	3,190 2,970	3,810 3,800	3,810 4,000
新白河	185.4																	470 820	1,260 2,250	1,850 2,970	2,470 2,970	3,190 2,970	3,190 3,170
那須塩原	157.8																		800 820	1,260 2,250	2,160 2,970	2,470 2,970	2,470 3,170
宇都宮	109.5																			470 820	1,260 2,250	1,850 2,660	1,850 2,860
小山	80.6																				930 930	1,260 2,250	1,420 2,450
大宮	30.3																					440 820	530 2,450
上野	3.6																						150 820

上越新幹線

東京からの営業キロ	駅名	東京	上野	大宮	熊谷	高崎	上毛高原	越後湯沢	浦佐	長岡	燕三条
3.6	上野	150 820									
30.3	大宮	530 2,450	440 820								
64.7	熊谷	1,090 2,450	1,090 2,250	560 820							
105.0	高崎	1,850 2,860	1,850 2,660	1,260 2,250	720 820						
151.6	上毛高原	2,470 3,170	2,470 2,970	2,160 2,970	1,420 2,250	800 820					
199.2	越後湯沢	3,190 3,170	3,190 2,970	2,880 2,970	2,160 2,970	1,590 2,250	800 820				
228.9	浦佐	3,810 4,000	3,810 3,800	3,190 2,970	2,880 2,970	2,160 2,970	1,260 2,250	470 820			
270.6	長岡	4,530 4,000	4,530 3,800	4,220 3,800	3,500 3,800	2,880 2,970	1,850 2,970	1,260 2,250	720 820		
293.8	燕三条	4,840 4,000	4,840 3,800	4,530 3,800	3,810 3,800	3,190 2,970	2,470 2,970	1,590 2,250	1,090 2,250	390 820	
333.9	新潟	5,360 4,720	5,360 4,520	5,150 4,520	4,530 3,800	3,810 3,800	3,190 2,970	2,160 2,970	1,850 2,970	1,090 2,250	720 820

3．料金表を見て、料金を計算しなさい。（料金は運賃と特急料金がいります。）

1．東京→京都　2．東京→新潟

3．仙台→上野　4．博多→盛岡

5．新大阪→高崎

練 習 解 答

【１】 日本の位置

１．

ａ．しまぐに　ｂ．たいりく　ｃ．ひがし　ｄ．なんせい　ｅ．ほっかいどう　ｆ．ほんしゅう　ｇ．しこく　ｈ．きゅうしゅう　ｉ．みなみ　ｊ．きた　ｋ．たいへいよう　ｌ．おきなわ　ｍ．にほんかい　ｎ．ひがし・・かい　ｏ．かい　ｐ．じんこう

２．

⑴ ほっかいどう　⑵ たいへいよう　⑶ ほんしゅう　⑷ にほんかい　⑸ しこく　⑹ きゅうしゅう　⑺ おきなわ

３．

1．日本海はアジア大陸と日本の間にあります。
2．日本は、アジア大陸の東にあります。
3．東シナ海は、日本海の南にあります。
4．オホーツク海は、日本海の北にあります。
5．太平洋は日本の東にあります。
6．沖縄は九州の南にあります。
7．日本の人口は、約１億2,000万人です。
8．わたしの国の人口は、約〇〇人ぐらいです。
9．日本のひろさは、37万平方キロメートルです。
10．わたしの国は・・・。

４．

1．日本でいちばん大きい島は本州です。
2．日本で２番目に大きい島は北海道です。
3．はい、四国は九州の半分ぐらいの大きさです。
4．本州の３分の１ぐらいの大きさの島は北海道です。
5．沖縄島は本州の200分の１ぐらいです。

【２】大都市

1.

1. 日本には人口 100 万人以上の都市が 11 あります。
2. 日本で 2 番目に大きい都市は横浜です。
3. 日本で 3 番目に大きい都市は大阪で、人口は 249 万人ぐらいです。
4. 名古屋の人口は約 211 万人です。
5. 札幌は北海道にあります。
6. 札幌の人口は 183 万人ぐらいです。
7. 九州の人口 100 万人以上の都市は福岡です。
8. 京都の人口は約 138 万人です。
9. 世界でいちばん大きい都市はニューヨークです。
10. 世界で 2 番目に大きい都市はロスアンゼルスです。
11. 東京は世界で 5 番目に大きい都市です。
12 東京の人口は 1,177 万人ぐらいです。

2.

ａ．さっぽろ　ｂ．とうきょう　ｃ．よこはま　ｄ．こうべ　ｅ．かわさき　ｆ．なごや　ｇ．おおさか　ｈ．きょうと　ｉ．ひろしま　ｊ．ふくおか

3.

ａ．さっぽろ　ｂ．さいたま　ｃ．とうきょう　ｄ．かわさき　ｅ．よこはま　ｆ．なごや　ｇ．おおさか　ｈ．こうべ　ｉ．ひろしま　ｊ．ふくおか

【３】都道府県と９地方

１．

1．日本でいちばん北の地方は北海道地方です。
2．本州でいちばん北の地方は東北地方です。
3．日本のいちばん南の地方は沖縄地方です。
4．東北地方には県が６つあります。
5．中部地方には県が９つあります。
6．大阪府は近畿地方にあります。
7．四国地方には県が４つあります。
8．東京や横浜は関東地方にあります。
9．名古屋市は中部地方にあります。
10．広島市は中国地方にあります。

２．日本には二音の県が６つあります。

３．

ａ．やまがた　ｂ．ふくしま　ｃ．やまなし　ｄ．かながわ　ｅ．しずおか　ｆ．とやま　ｇ．いしかわ　ｈ．わかやま　ｉ．おかやま　ｊ．ひろしま　ｋ．しまね　ｌ．やまぐち　ｍ．かがわ　ｎ．とくしま　ｏ．ふくおか　ｐ．かごしま

【４】人口密度

１．

1．日本全体の人口密度は335人です。
2．日本でいちばん人口密度が高いのは東京都です。
3．日本で２ばんめに人口密度が高いのは大阪府です。
4．日本でいちばん人口密度が低いのは北海道です。
5．日本で人口密度が100人以上、120人以下のところは秋田県と高知県と島根県です。
6．人口密度が高すぎるところを過密といいます。
7．人口密度が低すぎるところを過疎といいます。

２．

ａ．72人　ｂ．105人　ｃ．134人　ｄ．1,320人　ｅ．4,614人　ｆ．115人　ｇ．981人　ｈ．93人　ｉ．1,110人　ｊ．5,410人　ｋ．3,377人　ｌ．115人　ｍ．151人

【５】高齢化

１．

1．日本では1920年から70年の間に人口が2.2倍になりました。
2．日本では1985年から1990年の間に人口が2.1％増加しました。
3．予測では、2010年に日本の65歳以上の人は人口の20パーセントになります。
4．1993年に日本の女の人の平均寿命は82.51歳でした。
5．1993年に日本の男の人の平均寿命は76.25歳でし

た。
6．今、日本では65歳以上の人は人口の14.1パーセントです。
7．1960年ごろ、65歳以上の人は人口の5.7パーセントでした。
8．今、14歳以下の人は人口の16.3パーセントです。
9．1960年ごろ、14歳以下の人は人口の30.0パーセントでした。
10．世界で65歳以上の人のパーセントが一番多い国はイギリスです。
11．中国の女の人の平均寿命は70.94歳です。
12．インドでは、女の平均寿命は55.67歳です。

【6】首都圏

1．
1．東京の人口は1,100万人ぐらいです。
2．東京には区が23あります。
3．さいたま市は埼玉県にあります。
4．横浜市や川崎市は神奈川県にあります。
5．首都とそのまわりのところを首都圏といいます。
6．毎日、学校へ行くことを通学といいます。
7．わたしの家からここまで・・ぐらいかかります。
8．千代田区では、昼間の人口は夜の人口の20倍になります。
9．大都市では若い人のほうが多いです。

2．
1．外へ働きに行く人より働きに来る人が多いのは東京都です。
2．群馬県では、ほかの県へ通勤する人はあまり多くないです。
3．関東地方で、東京に通勤・通学する人がいちばん多いのは埼玉県です。

3．
1．東京23区の中で人口がいちばん少ないのは千代田区です。
2．東京23区の中で人口がいちばん多いのは世田谷区です。
3．世田谷区の人口は中央区の10倍ぐらいです。
4．東京の23区の中で人口密度がいちばん低いのは千代田区です。
5．台東区の人口密度は中央区の人口密度の2.2／2倍ぐらいです。

4．
a．おおたく　b．しながわく　c．みなとく
d．ちゅうおうく　e．こうとうく　f．えどがわく
g．かつしかく　h．すみだく　i．たいとうく
j．ちよだく　k．しぶやく　l．めぐろく　m．せたがやく　n．すぎなみく　o．しんじゅくく
p．ぶんきょうく　q．あらかわく　r．あだちく
s．きたく　t．としまく　u．なかのく　v．ねりまく　w．いたばしく

【7】四季

1．
1．いいえ、沖縄や九州の南では、冬もあまり寒くなりません。
2．日本では、春は3月から5月までです。
3．東京では桜の花は4月のはじめにさきます。
4．日本では、昼間の時間が長いのは夏です。
5．冬のいちばん昼間の短いとき、日は6時50分ごろでます。
6．国民の休日がないのは6月と8月です。
7．日本では国民の休日が14日あります。

2．
1．札幌の1月の平均気温はマイナス4.9度です。
2．東京の1月の平均気温は4.7度です。
3．札幌と鹿児島では、1月には気温が12度ぐらいちがいます。
4．札幌では、平均気温がマイナスの月が4か月ありますか。
5．桜の花は12.5度ぐらいのときさきます。

3．
1．千葉で日の出がいちばん早いのは6月10日ごろです。
2．そのころ、千葉の日の出は4時23分です。
3．札幌で日の出がいちばん早いのは6月10日から6月20日の間です。
4．そのころ、札幌では3時55分ごろ日が出ます。
5．6月20日の那覇の日の出は5時37分で、日の入りは19時24分です。
6．札幌では、12月27日ごろの昼間の時間は9時間ぐらいです。
7．札幌では、6月20日ごろの昼間の時間は15時間20分ぐらいです。
8．那覇では、12月27日ごろの昼間の時間は10時間30分ぐらいです。
9．那覇では、6月20日ごろの昼間の時間は14時間ぐらいです。

【8】　季節風

1．
1．毎年同じ季節に吹く風を季節風と言います。
2．日本では夏の季節風は太平洋から吹きます。
3．日本では冬の季節風は日本海から吹きます。
4．はい、冬、日本海がわで雪がたくさん降るのは、北西の季節風が吹いてくるからです。
5．はい、夏、太平洋がわで雨がたくさん降るのは、南東の季節風が吹いてくるからです。
6．日本海がわと太平洋がわで気候がちがうのは、本州の中央に高い山があるからです。
7．日本海がわで雪がふるときは、太平洋がわで晴れた日がつづくのは、本州の中央に高い山があるからです。
8．季節風の影響をあまりうけないのは瀬戸内海の沿岸や本州の中央の高地です。
9．高田では、雪が3.77メートルぐらい降ったことがあります。
10．東京でいちばんたくさん雪が降ったのは1883年2月8日です。
11．東京のほうがたくさん雪が降ります。

2．
　1．高松　2．松本　3．札幌　4．横浜
　5．福井　6．那覇

【9】つゆ

1．
　1．アジアで、 毎年6月の半ばから7月の半ばごろまで雨季になるのは日本や朝鮮半島の南部、中国大陸の中部や南部、東南アジアなどの地域です。
　2．日本では雨季のことをつゆとか梅雨といいます。
　3．はい、私の国でも雨季があります／いいえ、私の国では雨季はありません。
　4．梅雨の時には毎日雨がふります。雨がふらない日にもあまりいい天気にはなりません。
　5．はい、梅雨のときにあまり雨が降らない年もあります。
　6．雨が降らない梅雨のことをからつゆと言います。
　7．梅雨の雨は西日本のほうがたくさん降ります。
　8．いいえ、北海道では梅雨になりません。
　9．いいえ、梅雨は年によってたいへんちがいます。
　10．いいえ、所によってちがいます。
　11．短い時間に、せまい地域に雨がたくさん降ることを集中豪雨といいます。
　12．集中豪雨はたいてい梅雨の終わりごろおこります。

2．
　1．梅雨がいちばん早くはじまるのは那覇です。
　2．梅雨がいちばんおそくはじまるのは青森です。
　3．梅雨は南の方が早くはじまります。
　4．梅雨はだいたい5週間ぐらいつづきます。
　5．梅雨がいちばん早くおわるのは那覇です。
　6．つゆがおわることを「梅雨明け」といいます。
　7．東京では7月18日ごろ梅雨明けになります。
　8．1か月ぐらいたって青森で梅雨入りになります。
　9．6月に1年でいちばん雨が降るのは横浜です。
　10．夏より冬に降水量が多いのは福井です。
　11．9月に一年で一番たくさん雨が降るのは高松です。
　12．札幌で6月、7月にあまり雨が降らないのはつゆがないからです。

【10】台風

1．
　1．台風は南の海で発生します。
　2．台風というのは熱帯性低気圧が発達したものです。
　3．台風は一年に平均27個ぐらい発生します。
　4．台風が発生する数は年によってちがいます。
　5．いいえ、上陸しない台風もあります。
　6．台風は一年に3個ぐらい上陸します。
　7．台風が通るとき、大風が吹いたり、大雨が降ったりします。
　8．台風が上陸しなくても、暴風雨になるのは、台風が日本の近海を通るときです。

2．
　1．はい、台風は一年じゅう発生します。
　2．台風が日本に上陸するのがとくに多いのは、8月と9月です。
　3．台風があまり上陸しないのは、11月から3月の間です。
　4．台風がいちばん上陸する所は九州地方です。
　5．台風があまり上陸しない所は中国地方、東北地方、北海道地方です。

3．
　1．死んだ人の数がいちばん多いのは伊勢湾台風です。
　2．こわれた建物の数がいちばん多いのは室戸台風です。
　3．伊勢湾台風は1959年9月に来ました。
　4．伊勢湾台風では、5,101人の人が死にました。
　5．室戸台風は1934年9月に来ました。
　6．とくに大きい台風が来るのは9月です。

【11】 日本列島

1．
　a．日本海と太平洋の深さが同じだ　から、正しくないです。
　b．日本海の深さが4,000メートルもある　から、正しくないです。
　c．日本列島の高さが4,000メートル以上だ　から、正しくないです。
　d．日本列島の高さも日本海と太平洋の深さもちょうどいい　から、正しいです。

2．
　1．いいえ、今から数十万年前に日本はアジア大陸の一部でした。
　2．はい、太平洋の周りには火山活動がさかんなところがあります。
　3．はい、富士山は火山活動でできた山です。
　4．日本海の深さは200メートル以下です。
　5．日本の東側には6,000メートルから10,000メートルぐらいの深さの海があります。
　6．日本は国土の60パーセントぐらいが山地です。
　7．日本列島の中央には3,000メートル以上の山がつづいています。
　8．高い山がつづいているところを山脈といいます。
　9．日本列島の中央にあります。
　10．ドイツとスイスの間にあるアルプスににているからです。
　11．日本列島の周りは海で、中央には3,000メートルもの山が続いているからです。
　12．日本には火山がたくさんあるからです。
　13．私の国・・。

【12】富士山

1．
　a．の図は、高さが3,000メートルぐらいだ から　正しくないです。
　b．の図は、左と右の形が同じではない から　正しくないです。
　c．の図は、高さが4,000メートル以上だ から　正しくないです。
　d．の図は、高さも形もちょうどいい から　正しいです。

2．
1．富士山の高さは3,776メートルです。
2．いいえ、富士山は今は活動していません。
3．富士山は、何度も噴火をくりかえして今の形になりました。
4．富士山の北側にある湖は富士五湖といいます。
5．富士山の噴火で東京に灰がふったのは今から300年ぐらい前です。
6．富士山に登ることができるのは７月の初めから８月の終わりごろまでです。
7．富士山の登山口は５つあります。
8．５合目までバスで行けます。
9．本栖湖、精進湖、西湖、河口湖、山中湖です。

【13】 阿蘇山
1．旧火口原の広さは、東西18キロメートル、南北24キロメートルあります。
2．阿蘇山の火口原で今５万人の人が生活しています。
3．二重式火山というのは、一度噴火したところが陥没してその中にまた火口ができたものです。
4．阿蘇山の旧火口は３、４万年前の噴火でできたものです。
5．日本には国立公園が28あります。
6．阿蘇山は阿蘇くじゅう国立公園の中にあります。
7．富士山は富士箱根伊豆国立公園の中にあります。

【14】日本の川
1．日本でいちばん長い川は信濃川です。
2．信濃川の長さは367キロメートルです。
3．世界でいちばん長い川はアフリカにあるナイル川です。
4．世界で２番目に長い川は南アメリカにあるアマゾン川です。
5．信濃川は楊子江の15分の１です。
6．ナイル川は信濃川の約18倍です。
7．いいえ、ふつう、日本の川には水があまりありません。
8．ふつう、日本の川に水があまりないのは、川が短くて流れが急だからです。
9．私の国の川は、・・・。
10. 日本の川は短くて流れが急なのは、海のそばまで山地の所が多いからです。
11. 日本の川は短くて流れが急だからです。
12. 日本に広い平野がないのは、長い川がないからです。

【15】石狩平野
1．いいえ、石狩平野は日本で２番目に大きい平野です。
2．北海道には前にアイヌ人が住んでいました。
3．アイヌ人は魚や動物をとって生活をしていました。
4．北海道は明治時代のはじめに開拓されました。
5．札幌は明治時代のはじめにできた町です。
6．札幌ができたころの建物で、今、旧庁舎が残っています。
7．開拓当時／明治のはじめにできた学校です。
8．札幌農学校はその後、北海道大学になりました。
9．クラーク博士は札幌農学校で教えていた先生です。
10.「少年よ大志を抱け」というのはクラーク博士が言った言葉です。
11. それは「若い人は大きな希望を持ちなさい」どいう意味です。
12. サッポロというのはアイヌ語で「乾いた土地」という意味です。
13. いいえ、アイヌ語は日本語とちがう言葉だと思います。

【16】 水と戦う濃尾平野
1．濃尾平野西部は、３つの大きな川が合流している所なので水害が多かったのです。
2．濃尾平野西部では、つゆや台風のとき度々洪水になりました。
3．堤防をつくったり、土を高くして、その上に家を建てたりして水害を防いできました。
4．伊勢湾台風のとき高潮の高さは５メートルでした。
5．高潮が堤防をこえて流れこんだからです。
6．1959年９月に来た台風です。
7．伊勢湾沿岸の人々は７メートルの堤防をつくって水害から身を守っています。
8．濃尾平野の東部は台地で、水が少なかったからです。
9．用水というのは水を引く工事をしてつくった川です。
10. 今、濃尾平野東部では米づくり、野菜づくり、養鶏などが盛んです。
11. 愛知用水は1961年にできました。
12. 高潮というのは、台風が上空に来たとき起こります。

【17】 阪神大震災
1．1995年１月に起きた地震の震源地は淡路島の北でした。
2．特に大きな被害を受けたのは淡路島、神戸市、西宮市、芦屋市です。
3．この地震の大きさはマグニチュウード7.2でした。
4．地震の揺れは震度７でした。
5．いいえ、震度７という揺れの地震は、今までにないものでした。
6．ライフラインというのは、電気、ガス、水道などです。
7．高速道路や新幹線も壊れました。
8．地震の後の火災で消火がよくできなかったのは、水道が壊れたり道路が壊れたりしたからです。
9．阪神大震災で死者は6,300人ぐらいでました。
10. 震災に対して対応が遅れたのは情報システムが壊れたり混乱したからです。
11. 役所や病院の建物や、そこで働く人が被害を受けると災害に対する対応が遅くなったり、混乱します。
12. 地震の後、被災地の住民は落ち着いて行動しました。
13. 発生から３カ月の間に117万人の人がボランティア活動をしました。

【18】 過密地帯関東平野
1．
1．関東平野は利根川、相模川の流域に発達した平野です。
2．東京という名前は1868年から使われるようになりました。
3．皇居のあるところに昔江戸城がありました。
4．いま、都心には官庁や会社のビルが立ち並んでいます。
5．人口のドーナツ化現象というのは、人口が周りに集まって、まん中に人がいなくなる現象です。
6．都心は官庁や会社のビルが立ち並んでいて、人々の生活の場ではなくなったからです。
7．神奈川・埼玉・千葉の3県では、横浜、川崎、さいたま、千葉などが中核都市です。
8．今、東京湾の臨海地区には公園やベッドタウンなどを作ろうとしています。
9．東京湾の埋め立ては江戸時代から始まりました。
10．今、東京湾の埋め立てには大都市のごみが使われています。
11．ウオーターフロントの開発が急速にできるようになったのは、建設技術が進歩したことと、埋め立てに大都市のごみを使うようになったことです。
12．関東大地震はマグニチュード7.9の地震でした。
13．死者がたくさん出たのは、人口密集地で起こった地震で、後で火事や津波が発生したからです。
14．日本の周りの地震は、太平洋プレートがユーラシアプレートにぶつかって、その下にもぐりこむので起こると考えられています。

2．
1．1923年以後の地震で一番全壊家屋の多かったのは関東大震災です。
2．二番目に全壊家屋の多かったのは阪神大震災です。
3．全焼家屋が一番多かったのは関東大震災です。
4．流失家屋が一番多かったのは三陸沖地震です。

【19】日本の産業

1．
1．農業や水産業は、第1次産業です。
2．第2次産業には機械工業、鉄鋼業、化学工業、建設業などが入ります。
3．放送や教育は第3次産業に入ります。
4．日本で第1次産業が中心だったのは1930年ごろです。
5．日本で第2次産業が急速に発達し始めたのは1950年ごろです。
6．世界で、第3次産業が一番発達している国はアメリカです。

2．
正しいもの　b．c．f．

【20】日本の農業

1．
1．日本の農家の耕地面積の平均は1.2ヘクタールです。
2．農家は収穫を多くするために、米を作った後に野菜を作ったり肥料をたくさん使ったりしています。
3．お金がたくさんかかるのは肥料をたくさん使うからです。
4．農業だけをしている農家を主業農家といいます。
5．農業をしているが、それ以外の仕事もする農家を副業農家といいます。
6．副業農家が多くなるのは、耕地面積が少ないので、農業だけで生活をするのがむずかしいからです。
7．大規模農業というのは耕地面積の広い農業です。
8．耕地面積が狭い農家を小規模農家と言います。
9．主業農家が他の農家から土地を借りて農業をするのは、耕地面積を広くする（大規模農業をする）ためです。
10．主業農家が他の農家から土地を借りて大規模農業をする動きです。
11．農業をする1人の耕地面積の割合は、日本はイギリスの約9分の1です。

【21】農産物

1．
1．冷害というのは、夏になっても気温が上がらず稲が成長しないで収穫ができないことです。
2．暖かい地方の稲が北海道や新潟でたくさん取れるのは、品種を改良したからです。
3．稲の品種改良の研究をして、寒さに強い稲ができました。
4．食糧管理法という法律があったからです。
5．食糧管理法があったとき、お米の売買の値段を決めるのは政府でした。

2．
a．冷害　b．北海道　c．食生活　d．あまり
e．政府　f．新食糧法　g．売買　h．2.3倍
i．アメリカ、カナダ、オーストラリア　j．アメリカ　k．370.6万

【野菜・果物】

1．昔から食べていた野菜には、大根、白菜、なす、きゅうり、にんじんなどがあります。
2．キャベツ、ピーマン、レタス、セロリなどが西洋野菜です。
3．いろいろな種類の野菜が一年じゅう食べられるのは、ビニールハウスで野菜を促成栽培したり、夏、涼しい高原で野菜を作るようになったからです。
4．とれた野菜が町に運べなければ、野菜を売ることができません。
5．交通が便利になれば、とれた野菜をすぐ町に運んで売ることができるからです。
6．夏は暑くて、野菜が少なくなるとき、涼しい高原で、野菜ができれば、野菜が不足しないし、野菜を作る人はよく売れるので、いいと思います。
7．みかんは中部地方以南の太平洋に面した日当たりのいい斜面で作られています。
8．りんごは青森県や長野県の寒い地方で作られています。
9．りんごは、明治時代にアメリカ人が苗木を移植してから作られるようになりました。
10．ぶどうは雨が少ない所でできる果物なので、雨が少

ない甲府盆地でたくさんとれるのです。
11. 日本は細長い国で、暖かい地方や寒い地方があるので、果物の種類が豊富なのです。

【22】 日本の畜産業

1.

1. いいえ、日本では、以前、畜産業はさかんではありませんでした。
2. 日本人は以前は豚肉や牛肉をあまり食べなかったので、畜産業がさかんではなかったのです。
3. 国土がせまく牧草地が少ないので、家畜の飼料をたくさん輸入するのです。
4. 日本の気候にあった牧草の研究や子豚を丈夫に育てる人工乳の研究などです。
5. 牛肉の輸入が自由化されたのは1991年からです。
6. 多頭飼育というのは、1軒で数百頭の牛を飼うことです。
7. 大量飼育の養鶏場はで、大きな鶏小屋で自動設備でえさや水をやって鶏を飼っています。
8. 家族で2・3頭の牛や豚を飼っている農家を小規模家畜農家といいます。
9. はい、小規模畜産から大規模に移行するには大金が要ると思います。
10. 畜産業で大規模化が進む理由は、家畜の生産にかかるお金を安くするためです。

2.

a. 豚 b. にわとり c. 3分の2 d. 90万 e. 2.5 f. 114 g. アメリカ h. 3 i. 330 j. フランス k. 4.5 l. 1008 m. 1番 n. 56 o. 大量飼育 p. 8.5 q. 3 r. さかんに s. 輸入 t. 牧草 u. 人工乳 v. 多頭飼育 w. 小規模 x. 労働力

【23】 日本の水産業

1.

1. 日本の海岸線は、太平洋側の方が複雑です。
2. 砂丘はおもに新潟県や鳥取県にあります。
3. 日本海側の広い砂丘は川の上流から運ばれてきた土砂が、海からふいてくる風で岸へふき上げられてできたものです。
4. 瀬戸内海は静かな海にたくさんの島が浮かぶ美しい海です。
5. 三陸沖でとれる魚は、暖流と寒流の魚です。
6. 魚はそのまま食べたり、かまぼこ・ちくわ・かつをぶしなどに加工して食べます。
7. 沿岸漁業で兼業が多いのは、漁獲量が少なく漁業だけでは生活がむずかしいからです。
8. 最近は、魚が少なくなったり、燃料費などが高くなったからです。

2.

a. 黒潮 b. 親潮 c. マグロ d. サケ e. 沿岸漁業 f. 遠洋漁業 g. 沖合漁業

3.

a. 1番 b. 3番目 c. 700万トン d. 60 e. 半分 f. 沿岸漁業 g. 200万トン h. 沖合漁業 i. えび j. まぐろ k. かに

【24】 水産業の変化

1.

1. コンピューターで魚の大群がいるところを予測するには、海水の温度や海流などを調べます。
2. 魚をたくさんとるためです。
3. 領海というのは、その国の海と考えられている海です。
4. 200海里水域という考えが世界的なものになったのは、水産資源を保護する考えが国際的に広まったからです。
5. 200海里水域では、その国の領海は以前と比べて広くなりました。
6. ほかの国の200海里の水域内で漁をしたいときには、その国と漁業協定を結んで、お金を払って漁をします。
7. 大陸棚には石油や石炭などの地下資源が多いといわれているからです。
8. 最近、日本の漁業はとる漁業から育てる漁業に変わっています。
9. サケは稚魚を川に放流すると、海を回遊して、親の魚になって生まれた川にもどってくる習性があるからです。
10. 志摩半島は、水がきれいで暖かく波も静かだからです。

2.

1. 衛星漁業 2. 魚群探知機 3. 集魚灯 4. 12海里 5. 200海里 6. 北洋漁業 7. 広い海域 8. 漁業協定 9. 大陸棚 10. 稚魚 11. 栽培漁業 12. 海洋牧場 13. 御木本幸吉 14. 輸出

【25】 日本の工業

1.

1. 戦前には繊維工業が発達していました。
2. 石油ショックで金属工業やセメント産業が大きな影響を受けたのは、製品を作るのに大量の石油や電力を使うからです。
3. 機械工業が石油ショック後も発展した理由は、いい品物を作って輸出したことです。
4. 鉄鋼業が石油ショックの影響をあまり受けなかったのは、エネルギーを節約して鉄をつくる技術があったからです。
5. 最近、鉄鋼業がエレクトロニクスなどの工業へ進出しはじめたのは、鉄の輸出や国内の需要が減少し、今後も多くなることが期待できないからです。
6. 工業地帯が内陸にもできはじめたのは、製品が先端技術産業に移って、海に面したところに工場をつくる必要がなくなったからです。

2.

1. 1980 2. 1990 3. 1970 4. 食料品工業

3.

繊維工業に属すもの	a. 綿織物 f. 毛糸
化学工業に属すもの	e. 肥料 i. プラスチック o. 洗剤 p. 薬品

金属工業に属すもの　g．レール　k．電線
l．なべ
機械工業に属すもの　b．自動車　c．テレビ
d．冷蔵庫　h．時計
n．カメラ
食料品工業に属すもの　j．ビール　m．パン

4．
1．ビール　2．化学工業　3．石油化学コンビナート　4．京葉　5．食料品　6．関東内陸　7．東海　8．プラスチック　9．せんい　10．北陸　11．造船　12．金属　13．大分臨海

【26】機械工業 (1) 自動車

1．
1．日本の自動車に人気がある理由は、ガソリンの消費量が少なく、故障が少ないことです。
2．自動車の大量輸出が困難になってきたのは、円高や保護貿易主義の影響です。
3．現地生産とは、海外に工場を作って、その国で日本製の物を作ることです。
4．海外生産が進むと、国内では産業の空洞化がおこります。

2．
1．日本でもっとも自動車の輸出が多かったのは、1985年ごろです。
2．現在、アメリカ、ドイツ、オーストラリアなどに輸出しています。
3．自動車の生産高が最も高かったのは1990年ごろです。
4．乗用車を生産している会社でトラックを生産しないのは日産、本田、マツダです。
5．いすずはおもにトラックとバスを生産してい会社です。
6．自動車もオートバイも生産している会社は本田とスズキです。
7．ヤマハではオートバイを生産しています。
8．バスの生産を中心にしているのは日野です。

家庭用電器・半導体

1．日本の家電産業は国民の生活水準の向上と輸出によって成長してきました。
2．OA関連機器にはパソコン、ワープロなどがあります。
3．現在、電機メーカーは、半導体（OA関連機器、コンピューター周辺機器、集積回路など）の産業に進展しはじめています。
4．家庭用電子機器で、最近とくに生産がのびているのはビデオカメラやVTRです。
5．家庭用電子機器の中で、最近輸出されなくなったものはステレオセットです。
6．家庭用電器機器で、最近生産がのびているものはエアコンや電子レンジです。
7．エアコンは輸出がのびていますが、電子レンジは輸出が減っています。
8．1980年と1994年をくらべて、生産が減っているのに輸出がのびている物は換気扇です。

【27】機械工業 (2) コンピューター

1．近年、コンピューターは、社会のあらゆる分野で使われています。
2．コンピューターは初めに科学技術の計算や工場の生産管理で使われました。
3．汎用コンピューターの国内シェアで設置金額の多いのは、富士通、日本IBM、日立、日本電気です。
4．パソコンの国内シェアで、出荷台数の一番多い会社は日本電気です。

工作機械

1．
a．機械をつくる機械　b．水準が　c．日本　d．ドイツ　e．アメリカ　f．イタリア　g．スイス　h．NC工作　i．数値で制御する　j．精度や品質

2．
1．いい工作機械があれば、その国の工業の水準が上がるのは、工作機械は工業の基礎だからです。
2．工場で仕事になれていて、いい製品を作ることができる人を熟練工と言います。
3．NC工作機械を使うと、精度や品質のよい製品が一定に生産できるので、作業が合理化できるのです。

産業用ロボット

1．産業用ロボットは、労働力不足を補うために使います。
2．産業用ロボットというのは、人間が腕や手でする仕事をかわりにする機械です。
3．小さな穴の中の仕事は人間にはできないので、それをロボットにさせたいからです。
4．産業用ロボットにさせるのにもっともいい仕事は、人間ができない仕事や、人間が嫌いな仕事だと思います。

2．
a．マニュプレーター　b．プレイバックロボット　c．数値制御ロボット　d．知能ロボット　e．目や、手の感覚　f．行動

【28】 中小工場と大工場

1．
1．日本の中小工場では、軽工業、自動車や電気製品の部品の製造、織物や染色、うるし塗りなどの仕事をしています。
2．高級織物や染色、うるし塗りなどは高級な技能が必要なので、中小工場に適しているのです。
3．次の文は、親工場のことですか、下請け工場のことですか。
a．下請け工場　b．親工場　c．下請け工場
d．親工場
4．企業城下町というのは、大工場を中心に周りにたくさんの中小工場が集まってできている町です。
5．親工場は景気が悪いと、下請け工場に出す仕事で

調整するから、下請け工場は、まず影響を受けるのです。
6．親工場は安い値段で製品を注文するので、下請け工場の労働者の賃金が親工場の労働者より安くなるのです。
7．下請け工場は、競争がはげしいので、(条件が悪くでも、それにまけないようにするから) いい製品ができるのです。
8．下請け工場でも産業用ロボットを使うところが多くなっているのは、はげしい競争に負けないようにするためです。

2．
1．大工場は日本全体の工場の0.6%です。
2．大工場で働いている人は全体の26.8%です。
3．大工場の生産高は47.8%です。
4．300人以上の工場の人の賃金は300人未満の工場の人の賃金の約1.6倍です。
5．ここで大工場というのは働いている人が300人以上の工場です。

3．
1．ゼネラルモーターズ、フォードモーターズ、トヨタ自動車、ダイムラーベンツです。
2．エクソン、ロイヤルダッチシェル、モービル、ブリティッシュペトロリアムです。
3．日立制作所、松下電器産業、ゼネラルエレクトリック、三星グループです。
4．I.B.M.です。
5．IRIです。
6．ゼネラルモーターズは売上高が1,336億22百万ドルで、雇用者数は71万1千人です。トヨタは売上高が852億83百万ドルで、雇用者数は10万9千人です。トヨタはゼネラルと比べて売上高のわりに雇用者数が少ないです。
7．日産自動車は売上高が537億6千万ドルで、雇用者数は14万3千人です。トヨタは日産と比べても売上高のわりに雇用者数が少ないです。

【29】 日本の商業

1．
1．私たち一般の人が物を買いに行く店を小売店といいます。
2．問屋へ物を買いに行くのは小売業者です。
3．農産物は、生産者から市場へ、市場から小売店へ、そこから私たちの所へ来ます。
4．電気製品は、工場から問屋へ、問屋から小売店へ、そこから消費者の所へ来ます。
5．特別なときに着る洋服などをデパートで、野菜などをスーパーマーケットで買います。
6．お茶とか花や文房具などを専門店で買います。
7．私は、スーパーマーケットへ買いに行きます。
8．ふつうの商品の値段は需要と供給の関係で決まります。
9．公共料金といいます。
10．政府が売買する米の値段や国立学校の授業料は政府が決めます。
11．水道料金や公立学校の授業料は地方公共団体が決めます。
12．会社が申請し政府が認可して決めるものには、電気、電車、バス、電話、たばこなどの値段があります。
13．住宅で、比較的家賃の安いのは公共住宅です。
14．都心から離れると、比較的安く住宅を借りたり買ったりすることができるからです。
15．日本では、1958年から1993年の間に住宅の数は約2.3倍になりました。
16．いいえ、1958年から1993年の間に自分の家を持つ人の%は少なくなりました。

2．
1．米の値段は20年ぐらいの間に5.5倍になりました。
2．20年ぐらいの間、値段があまり変わっていないものはたまごです。
3．牛乳の値段は1970年から10年の間に9倍近く上がって、それからは少し安くなりました。
4．○○の値段は、私の国の値段と比べて・・・です。とくに○○の値段は・・です。

【30】 日本の交通

1．
a．はい、海岸に沿って走る鉄道です。 b．縦に走ります。 c．横に走ります。 d．山陰本線です。
e．上越線に乗ります。 f．本州と四国です。
g．関門トンネルです。 h．本州と北海道です。
i．東海道線と山陽線です。 j．東北本線と函館本線です。 k．名神高速道路と東名高速道路です。

2．
1．日本で一番はじめに汽車が走ったのは、新橋横浜間です。
2．私が知っている私鉄の名前は小田急、京王、阪神、名鉄・・などです。
3．国鉄が分割民営化されるようになったのは、組織が大きくなりすぎて経営が悪化したからです。
4．東海道新幹線で、東京大阪間は2時間30分です。
5．現在、鉄道は主に旅客の輸送に利用されています。
6．高速道路の建設が遅かったのは、交通機関の中心は鉄道だったからだと思います。

3．
1．東京→京都 12,970円　2．東京→新潟 10,080円
3．仙台→上野 10,190円　4．博多→盛岡 34,870円
5．新大阪→高崎　18,190円

〈著者略歴〉

豊　田　豊　子

昭和 33 年、国学院大学大学院博士課程修了後、日本語教育に従事。東京外国語大学附属日本語学校教授を経て、1989 年より明海大学外国語学部日本語学科教授。1999 年退職、明海大学名誉教授。現在、財団法人言語文化研究所顧問。

MEMO

MEMO

日本的地理與社會

定價：200 元

2005 年(民 94)5 月初版
本出版社經行政院新聞局核准登記
登記證字號:局版臺業字 1292 號

著　　者：豐田豐子
發 行 人：黃成業
發 行 所：鴻儒堂出版社
地　　址：台北市中正區 100 開封街一段 19 號二樓
電　　話：(02)2311-3810・(02)2311-3823
電話傳真機：(02)23612334
郵政劃撥：01553001
E —mail：hjt903@ms25.hinet.net

法律顧問:蕭雄淋律師